楽園建造計画
1

高遠琉加

CHARADE
BUNKO

二見シャレード文庫

目次

イラスト——依田沙江美

楽園建造計画〈1〉

雨が降ってきたけど傘がなかった。

ついてない。

電化製品がひとつ壊れると家中の機械の調子がいっぺんに悪くなるみたいに、悪いことって、ひとつ起きると立て続けに降りかかってくる気がする。追い打ちをかけられて、足元をすくわれて、最後の立ち上がる気力すらなくなりそうだ。

もうだめかもしれない。

雨は瞬く間に激しくなった。まるでスコールだ。どうにかしようと考えるのも、もう面倒だった。六月の半ばで、濡《ぬ》れてもそれほど寒くはない。俺はかまわずそのまま歩いた。

どしゃ降りの雨になげやりに濡れて歩いていると、すれ違う傘を持った人たちが時おりちらちらと視線を投げていく。無関心や、軽い好奇心や、たまには同情的な視線。梅雨《つゆ》の真っ最中に折り畳み傘も持たずに出歩いている人間に、内心呆《あき》れているのかもしれなかった。ほとんどの人が傘を持っているところを見ると、天気予報は朝からあからさまに雨を告げていたのかも。

でもそんなこと知らない。テレビも新聞も見ていない。

人目を避けたくて、通りかかった公園にふらふらと足を向けた。いつもは家族連れや犬の散歩をしている人たちで賑《にぎ》わっている公園だけど、さすがにこんな天気じゃ人影もまばらだ。緑に囲まれた遊歩道に入ると、雨が葉を打つ音がさらに激しくうるさくなる。外の音で強制的に頭の中がいっぱいになる感覚がありがたくて、俺は遊歩道をはずれたところ、池に向かって置かれたベンチに誘われるように近づいていった。どさりと腰を下ろす。

本当は早く家に帰っていろいろな準備をして、すぐに病院に戻らなくちゃいけないんだけど。

だけどもう少しだけ。あと少しだけ、誰《だれ》の目もないところで頭を空っぽにしていたい。せめて雨がやむまでの間だけ。

雨粒が視界に入るもの全部を容赦なく打つ。シャッは体にべったりと張りついて、中途半端に開いた蛇口みたいに顎《あご》からぼたぼたと水が落ちる。睫《まつ》毛《げ》からも水滴が落ちて、視界が滲《にじ》んだ。目の前にある池の濃い緑の水面に、いくつもいくつも雨の輪が広がっては消えていく。

気持ちいい、とぼんやり思った。もう立ち上がりたくない。自分が泥でできた人形なら、このまま雨に流れて消えてしまえるのに。

顔で雨を受けるように上を向いて、俺は目を閉じた。

その時だった。カシャッと、ひどく鋭い、どこか乾いた金属的な音がした。心臓が神経質な猫みたいに飛び上がる。

聞き覚えのある音。

俺の嫌いな音だ。

俺ははじかれたようにそちらを振り向いた。

少し離れた場所で、遊歩道の柵《さく》に腰をのせるようにして男がひとり立っていた。黒い大きな傘を肩に引っかけている。さらに黒いシャツに濃いインディゴブルーのジーンズで、雨にけむる暗いトーンの景色に溶けるようになじんでいた。

男はカメラを構えていた。まっすぐに、レンズがこちらを向いている。
（カメラ）
かっと頭に血が昇った。

（撮られた）

俺はいきなり立ち上がった。水たまりをバシャバシャと蹴散《けち》らして、その男に近づく。

「何するんだ！」

「うわ…っ」

ズームレンズのつけられた一眼レフのごついカメラを、俺はレンズの筒を鷲《わし》づかみにして乱暴に男から奪い取った。

男は立ち上がって、驚いた顔で俺を見た。

同じくらいの年格好だ。俺よりかなり高い位置にあるその顔を、ぐっと睨《にら》みつける。

男の髪にも少し水滴がついていた。あまり整えていない長めの髪が、ばさりと粗く顔にかかっている。軽く日に焼けた、ざっくりした彫りの深い輪郭。きつめの眉《まゆ》。前髪の束の間から、ひどく直線的な印象の目が俺を見ていた。

かちりと硬い、真っ黒な、どんなものでも吸い込んでしまいそうな目。ひんやりとした黒い石でできてるみたいな。

(こういう目、知ってる)

嫌な目だ。一番嫌いなタイプの目だ。

ブラックホールって、きっとこういう色をしているんだと思う。

「悪い」

あまり悪びれた様子もなく、男はひとことそう言った。

「あんた、俺のこと撮っただろう」

「撮ったよ」

「なんで断りもなくそんなことするんだ」

「なんでって……ファインダーに映ったから、つい反射で」

腹が減ったから目の前のものをついつまんだ、みたいな気軽さで。

その無神経さに腹が底から煮えて、俺は手にしていたカメラを裏返して、ためらわず裏蓋《うらぶた》に指をかけた。

「うわ、やめろ……!」

男が驚いたように手を伸ばしてくる。かまわずフィルムマガジンを引っつかんで、勢いよくカメラから引き出した。

「あ……ああ」

男は空気が抜けるような声を出した。

感光させて使い物にならなくしたフィルムと一緒に、カメラを男に返す。男はあわてたように両手でそれを受け取った。濡れてしまった精密機器を、心配そうに覗《のぞ》き込んでいる。それから呆然《ぼうぜん》とした様子で呟《つぶや》いた。

「他《ほか》の写真も台無しだ」

「肖像権ってものがあるだろう。自業自得だ」

「ここまですることないだろ」

「……俺は写真に撮られるのが大嫌いなんだよ」

言い捨てて、俺はくるりと踵《きびす》を返した。

「あ、おい…！」

男の声が背中に飛んでくる。無視して、少し勢いのゆるんだ雨の中を大股《おおまた》で歩いた。

しばらく行ったところで肩越しにちらりと振り返ってみると、男はまだ同じ場所にいた。柵に腰かけて、深く前かがみになっている。うつむいた顔を片手で押さえていた。傘をのせた肩が小刻みに震えている。

まさか泣いているんじゃないだろうなと思った次の瞬間、男は爆発するような唐突な動きで体を起こした。

「は、ははっ……ははは っ」

笑っていた。

天を仰いで肩を揺らして。

雨音の隙間《すきま》を縫って、明るい笑い声が聞こえてくる。雨の雫《しずく》をはじき飛ばすみたいな。

（笑ってる）

最低。

それが三ヶ月ほど前のことだ。

「……冗談だろ」

俺は呆然と呟いた。

八畳一間の、がらんとした和室。今時めったに見ない木枠の窓から、まだ夏の熱をしぶとく残した九月の陽射《ひざ》しがさんさんと降り注いでいる。

部屋の隅には、段ボール箱と空っぽの本棚と机と布団《ふとん》袋。俺は今日、この部屋に引っ越してきたばかりだった。

その、まだ他人のもののような部屋の真ん中に、男がひとり転がっている。ばさりと散った髪に、洗いざらしみたいなシャツとジーンズ。死体のように四肢を投げ出して。

息はしているみたいだけど。

体から力が抜けて、俺はすとんと畳に腰を落とした。

（……いったい、何がどうなってるんだ？）

――そもそもこのアパートを紹介してくれたのは、大学の学生課だった。

大学の学生課というところが下宿先の斡旋《あっせん》までしてくれるということを、俺は入学して一年以上たって初めて知った。それまでは自宅から通っていて、アパートを探す必要なんてなかったからだ。

最初のうち、俺は常道通り大学の最寄《もよ》り駅の沿線上にある不動産屋をいくつか回った。だけどどこでも予算を言ったとたん相手は渋い顔になり、「そういう物件はうちには…」と口ごもる。それを繰り返してすっかり疲れきって、いいかげん嫌になった頃、不動産屋の店員に「大学の学生課に相談してみたらどうですか」とすすめられた。学生向けの安い物件を紹介してくれるから、と。ワラにもすがるような気持ちで、俺はその足で自分の通う大学に向かった。

桜陵《おうりょう》大学は多くの学部を持つ総合大学で、学部ごとにキャンパスがいくつかに分かれている。俺の通うこの武蔵野《むさしの》校舎は中でも一番古く、本部の置かれている大学創立の地だった。

敷地内には現在、文学部、法学部、経済学部、商学部、国際関係学部がある。俺が所属しているのは経済学部だ。

郊外特有の、だだっ広い敷地と豊かな緑に恵まれたキャンパス。創立当初からある煉瓦《れんが》造りの建物と近代的なコンクリートの校舎が隣り合わせに同居している。半分だけ開けられた正門を抜けて、俺はまっすぐに続く銀杏《いちょう》並木を早足で歩いた。この並木はキャンパスのシンボルになっている。もうしばらくしたら金色に色づき始めるだろうけど、今は夏の陽射しに疲れたような埃《ほこり》っぽい緑色だった。

まだ夏休み中だけど、構内にはちらほらと学生の姿が見えた。サークルや部の活動がある連中もいるだろうし、研究室に用のある三、四年生や院生もいるんだろう。だけど今二年でサークルにも入っていない俺は、夏休み前の最終講義以来、久々に構内に足を踏み入れた。

各種掲示板を通り過ぎて、校舎群の手前にある小さめの建物の中に入る。人の数はいつもより少なかったけど、学生課は開いていた。壁のアルバイト募集の掲示板をひととおりチェックしてから、カウンターに立って声をかけた。

「あの、すみません、アパートを探してるんですが」

気づいてこちらに来てくれた二十代後半くらいの女の人に言われ、学生証を提示して申込書を書く。

「経済学部、三木高穂《みきたかほ》くんね。今頃お部屋探し？」

「はあ。家庭の事情で」

「どんな条件で探してるの？」

「とにかく安いところがいいです」

「とにかく安い、か。今の時期って物件の数が少ないのよねえ…」

それは不動産屋でもさんざん言われたことだった。物件が動くのは移動の多い春だ。特に学生向けで条件のいいところは、合格発表があってすぐの頃に埋まってしまう。

それでも職員の人はカウンター上にいくつかの物件情報を並べてくれた。どれも学校からごく近い。それにたしかに、町の不動産屋で見かけるものよりも家賃が低めだった。でも。

「もっと安いところはないですか。狭くても、古くてもいいですから」

「えっ、もっと？　うーん…」

難しい顔でファイルをめくる。その手が、途中でぴたりと止まった。

「そうだ。これ、今年は芸術学部じゃない人を募集してるんだっけ…」

そのひとりごとみたいな呟きに、俺はぴくりと瞼《まぶた》を動かした。

（芸術学部？）

……そういえば、うちの大学には芸術学部があったんだっけ。自分とまったく関係がないから、ばっさり頭から抜け落ちていた。

芸術学部は、銀杏並木のある武蔵野キャンパスから少し離れたところに、なぜか飛び地みたいにぽつりと存在していた。最初は同じ敷地内にあったのを、あとから建物を増設して学部ごと引っ越したらしい。いちおうそこも武蔵野校舎の一部らしいけど。

芸術学部とこちら側の諸学部とは、普段はほとんど交流がない。学食も図書館も別だし、敷地が離れているせいでサークル活動もあまり一緒に行われていないって聞く。さすがに学祭は一緒だけど。だから名前だけ同じ大学でも、違う学校のようにこっち側の人間には思われていた。

「安いことは安いんだけどね」

差し出されたファイルに書かれた家賃の額を見て、俺は目を瞠《みは》った。

安い。ちょっと嘘《うそ》くさいくらいに。

そしてアパート名が変だ。

「これ、空いてるんですか」

「ええ」

「……」

俺は間取り図をじっと見つめた。

住所は大学にかなり近く、充分歩いて通えるところだった。部屋は八畳一間で、トイレは共同らしい。風呂《ふろ》はないみたいだ。それに間取り図を見る限り、どうやら台所も共同らしかった。そして建物の築年数はそうとういっている。たしかに貧乏学生向けの物件だ。だけど、それにしたってありえないくらいに安かった。

　この時、頭の片隅でちかちかと、警告の光が瞬いた。小さな、暗闇《くらやみ》で散る静電気の火花みたいな。

　よく言うじゃないか。うまい話には気をつけろ。ただより高いものはない（ただじゃないけど）。

「ひ…人が死んでるとかですか？」

「は？」

　声を低めておそるおそる訊《き》くと、職員の人は目を丸くした。

「その部屋で自殺とか殺人とかがあって、それで家賃が安いとか」

「やだ」

　女の人は派手にプッと吹き出した。

「違うわよ。ここはね、いつもは芸術学部の学生に紹介してるの。アトリエ付きなのよね」

「アトリエ？」

「絵を描いたりするのって場所を取るし、汚れたり散らかったりするでしょう。ここは一階を全部アトリエ専用にして、二階を住居にしているの。うちの学生じゃなくてもいいんだけど」

「僕、経済学部ですからアトリエなんかいりません」

「うん、今はね、二階の部屋だけ借り手を募集してるのよ。アトリエだけ借りてる人もいて、一階は埋まっちゃってるみたい。それで、元から安いんだけどさらに格安にしてるの。何しろ古い建物だしお風呂もないし、夜中に一階で物音たてたりするけど、それでもいいなら、って」

「……………」

(芸術学部。アトリエ)

とっさに、嫌だ、と思った。そんな得体の知れないアパート、住みたくない。

(いや、でも待て)

大学の近くでこれほど格安の物件なんて、他にあるとは思えない。生活費をアルバイトで稼いで賄おうと思っている俺にとって、この数字は悪魔の囁《ささや》きのように魅力的だった。掘り出し物なことだけは間違いない。

(そうだ。それにアパートなんだし)

住人が多少特殊でも、べつに一緒の部屋で暮らすわけじゃない。隣人が何をしていようと関係ない。アパートなんてそんなものだ。関《かか》わりを持たなければいい。

(だけど)

芸術学部……アトリエ……

「どうする? 実は今ここ、下見をして迷ってる学生がひとりいるのよね。その子も安い部屋を探してたんだけど、お風呂がないのがネックだからって。近くに銭湯はあるんだけどね。不動産屋じゃないから仮押さえとかはしないんだけど、その子から連絡があったら、そっちに決まっちゃうから」

ぐるぐると、脂汗が出そうなほど頭を回している俺の背中を押すように、職員の人が言った。俺は顔を上げた。

「とりあえず、部屋を見てみたいんですが」

そうやって決めたのが、この古びたアパートだ。

「……言っていいことと悪いことがあるだろう」

いざ引っ越してきてその建物を前にすると、家賃の安さに目が眩《くら》んで自分で決めたとはいえ、早くも後悔の念がじわじわと湧《わ》き上がってきた。

アパートの敷地は生け垣に囲まれていて、正面に木の門柱と低い鉄の門扉があった。そこから少し入ったところに、玄関がある。建物は二階建てで奥に細長く、外階段はついていなかった。横手に広い庭があって、鬱蒼《うっそう》と葉の茂った木々がベージュの壁に影を落としている。その壁にはあちこちに罅《ひび》が走り、緑の蔦《つた》がうっそりと這《は》っていた。雨樋《あまどい》はところどころはずれて錆《さ》び、玄関の屋根瓦《がわら》は割れている。

絵に描いたようなボロアパートだった。玄関はドアじゃなくて、磨《す》りガラスのはまったサッシの引き戸だ。その引き戸の横に、冗談みたいに大きな木の看板がかかっていた。そこに、黒いペンキの手書き文字でこう書かれている。

『パレス・シャングリラ五反田《ごたんだ》』

俺はこめかみを指で押さえた。

夏の終わりの空は高層ビルに遮られることもなくどこまでも青く広がっていて、さわさわと木の鳴る音が渡っていく路上には、俺の他に人影はない。

言っておくけどここは五反田じゃない。

二十三区内ですらない。

まだあちこちに雑木林の残る、東京郊外の武蔵野だ。

……言っていいことと悪いことがある。

(それに、何がシャングリラだ)

宮殿《パレス》に理想郷《シャングリラ》だなんて、言いすぎにもほどがある。こんなわけのわからないネーミング、まともな人間のやることとも思えない。

だから芸術家なんて、嫌いなんだ。

俺はひとつ息を吐いて、重いバッグを持ち直した。どうせアパートなんて帰って寝るだけだ、と呪文《じゅもん》のように自分に言い聞かせる。他の住人がどうだろうと、俺には関係がない。

引き戸の玄関に鍵《かぎ》はかかっていなかった。からからと軽い音をたててそれを開けると、板張りの廊下が奥に伸びている。少し薄暗かった。空気がひんやりしている。

玄関は広くて、人が五人くらいは楽に靴脱ぎできそうだった。左手に靴箱がある。とりあえず靴箱には入れずに、灰色のタイルの敷かれた三和土《たたき》の隅に靴を並べた。

なんだか造りからして、人のうちに黙って入り込んでいるみたいだ。まだ夏休みだからか昼間だからか、あまり人の気配がしなかった。

下見をした時に案内をしてくれたのは、近くに住んでいるという管理人のおじいさんだった。でもその人はここにはたまに庭の手入れに来るくらいで、アパート内のことはほとんど住人たち自身にまかせているという。詳しいことは住人の誰かに訊いてくれと言われ鍵を渡されて、俺はかなり困惑していた。

下見の時は、他の住人には会わなかった。できればあまり関わりたくないんだけどな…と思いながら、玄関脇《わき》の階段をそろそろと上がっていく。人の通る真ん中の部分だけ色の変わった階段は、踏むとわずかに軋《きし》む音をたてた。

『パレス・シャングリラ五反田』は、外観と同じように中身も古色蒼然としていてクラシックだった。……よく言えば。

年月を経て飴色《あめいろ》になった板張りの廊下。黒光りする柱。元は白だったのかもしれない、くすんだベージュの漆喰《しっくい》の壁。廊下の電灯のシェードは乳白色に曇った磨りガラスだった。昭和レトロとか、そんな言葉を思い出す。初めて入った時にどうしてだかちょっと懐かしいような気がしたのは、古い映画で見たのかもしれなかった。足付きテレビとかちゃぶ台とかが出てくるような、昭和の映画。趣があるって言えば、まあそうかもしれない。古いことには変わりないけど。

今時の学生だったら、こういうところにはあまり住みたがらないだろう。外側にくらべて中はまだ手入れされているみたいだけど、やっぱりボロさは隠しきれていないし、隙間風も吹きそうだ。

階段を上がっている途中で、一階でバタリとドアの閉まる音がした。いちおう人がいるらしい。二階にたどり着くと、ドアが片側に三つずつ、向かい合わせに六つ並んでいる。俺は右手の真ん中のドアの前に立った。

一枚板の、なんの飾りもそっけもないドアだ。渡された鍵を取り出して、ドアノブに差し込んで回す。が、開けたつもりが閉めてしまったらしく、ノブはがちゃりと俺の手の中で固まった。

(…?)

最初から鍵が開いていたらしい。変だなと思いつつ、俺はもう一度鍵を差し込んだ。外開きのドアをひらく。

「………」

次の動作で、俺は開けたドアをそうっと元通り閉めた。

（あ、あれ？）

俺、間違えたかな？

手の中の鍵をじっと見る。鍵は玄関のものと部屋のものとふたつあった。玄関は、昼間は開いているけど夜は鍵を閉めるって聞いている。鍵にはプラスティックのタグがついていて、『8』って番号がついていた。俺の部屋は8号室だ。

目の前のドアには同じ番号のプレートがついている。やっぱり間違っていない。

俺はもう一度そろそろとドアを開けた。隙間から中を覗く。八畳一間の畳敷きの和室。隅の方に俺の送った荷物が積んであった。荷物は段ボール箱がいくつかと、布団袋と机と小さめの本棚。それだけだ。それらは運送会社に配送を頼んでいて、今日の午前中に管理人が立ち合って部屋の中に入れてくれたはずだった。もしかしたらその時に鍵を閉めるのを忘れたのかもしれない。だから、鍵が開いていたのはまあいいんだけど…

問題は、部屋の真ん中にある物体だ。

畳の上に、人がひとり転がっていた。こちらに背を向けていて顔はわからない。シャツとジーンズという服装から、若い男のように見えた。

少しの間、俺はその場で固まった。

（……死体だったらどうしよう）

格安アパート死体付き、なんて冗談じゃない。

何度か瞬《まばた》きしてみても、死体は消えない。動き出しもしない。覚悟を決めて、俺はそろそろと部屋の中に足を踏み入れた。及び腰になりながら転がっている男に近づく。横向きに倒れている体は、ぴくりとも動かなかった。

回り込んで畳に膝《ひざ》をついて、顔を覗き込んだ。

「あっ」

思わず小さな叫び声が喉《のど》から漏れた。

激しい雨の音と腹の立つほど明るい笑い声が耳に返る。

そこに転がっていたのは、あの六月の雨の日、公園で不躾《ぶしつけ》に人にレンズを向けてきた無神経なカメラ男だった。


「……冗談だろ」

閉じた瞼の上に、伸ばしっ放しみたいな前髪が乱れてかかっている。彫りの深い、粗めの顔立ち。少し削《そ》げた、陽に焼けた頬《ほお》。

間違いない。あの時の男だ。

(どうしてこんなところに)

あの公園は都内にあって、ここからはけっこう遠い。まさかこんなところで会うなんて――

男は単に眠っているように見えた。唇がわずかに開いている。おそるおそる顔を近づけてみると、かすかに軽い寝息が聞こえた。それも、実に平和そうな。

（眠ってる）

唐突に怒りが湧き上がってきた。忘れかけていたあの時の不快感も、セットになって思い出す。

なんだってこの男が、よりにもよって俺の部屋で寝てるんだ？

「ちょっと」

俺は男の肩に手をかけた。少し揺らしてみる。

「ちょっと……起きてくださいよ」

ぐらぐらと強く揺らすと、それに合わせて男の髪も揺れる。それでも目を覚ます気配はなかった。俺はかがみ込んで、男の耳元で大きな声を出した。

「起きろよ！」

「………」

男が身動きをした。くぐもった声で口の中で唸《うな》る。でも目は開かない。

「おい」

「……せろ」

さらに怒鳴ろうとした時、男が何か言った。顔を寄せると、低い声が聞こえた。

「寝かせろ」

「——」

瞬間的に脳に血が昇った。

いっそドアから蹴り出してやろうかと思った。ここは俺の部屋だ。立派な不法侵入じゃないか。

だけどそれにしても、なんでこの男がここで寝ているのかがよくわからなかった。もしかしてこの男はアパートの住人で、それで部屋を間違えたとかだろうか。間違えるなんてありえないと思うけど。

アトリエ付きの、芸術学部の学生向けのアパート。とするとこの男も、うちの大学の芸術学部生なのかもしれない。

「……………」

自然にしかめ面になった。

(——写真学科、か)

最低最悪、と思った。

やっぱりやめておけばよかったかもしれない。芸術学部の連中の住むアパートなんて。

俺は足を踏み入れたことがないけれど、芸術学部のキャンパスは、他の学部のキャンパスとはかなり雰囲気が違うって聞いたことがある。髪型や服装も独特な学生が多いらしいし、しょっちゅう大学に泊まり込んでいて、ほとんど住んでいるような連中もいるとか。去年のクリスマスに並木の銀杏に勝手に奇抜な飾りつけをして大学本部を激怒させたのはデザイン学科の学生だし、数年前の大学祭の最終日、キャンプファイヤーをやろうとしてなぜか爆発炎上、パトカーと消防車が出動して近隣の住人を一時避難させるという騒ぎを起こしたのは、映画学科の学生だ。

それでこう言われている。

芸術学部には、変人が多い（ゆえに隔離されている）。

俺は目の前に転がっている男の傍若無人な寝顔を、じっと眺めた。

……やめておけばよかった。

かわいそうという言葉を簡単に使う人間を、俺は信用しない。

うちはずっと母親と二人暮しだった。母親は小さな印刷会社の事務員で、ろくに後ろ盾もなく親類縁者もほとんどいなかったうちの家庭は、常に周囲からのそれとない同情の対象だった。

「父親は外に愛人がいただかなんだかで、ほとんど家に帰ってなかったらしいわよ。それで離婚したとか」

「子供が気の毒よねえ」

「お母さんのお手伝い？　偉いわね」

「かわいそうな子なんだから、遊んであげなさい」

べつに悪意があったとは思わない。いじめにあったこともない。だけど物陰で、あるいは面と向かって「かわいそう」と言われるたびに、俺はその人たちとの間に線を引かれている気がした。まるで「あなたたちと私たちは違う」って言われているみたいに。持っている荷物を重いなんて思ったこともないのに、むりやりその中に石を詰め込まれているような気分だった。

たしかに生活は楽じゃなかったし、ずっと狭い賃貸暮らしだった。だけど、それを他人にどうこう言われる筋合いはない。俺たちはそれなりに上手くやっていたし、誰にも迷惑はかけていなかったはずだ。

……そうだ。ひとりでだって、俺は上手くやっていける。誰の手も借りたりしない。

普通に大学を卒業して普通に就職をして、普通に、まっとうに暮らすんだ。堅実に、着実に。そうやっていれば誰からも文句は言われない。言わせたりしない。俺がちゃんとしていれば、ひとりで俺を育ててくれた母親が責められることもない。

だから俺はあてのないものを追いかけたりしない。無意味なことなんてしない。なんの役にも立たないものなんていらない。綺麗《きれい》で不確かで夢みたいな、心をつかんで離さないものなんていらない――

「……まあ。心温まる光景ねえ」

耳朶《じだ》をくすぐる笑い声に、ふっと意識が浮き上がった。

俺は薄目を開けた。布団の中じゃない。体は縦になっている。ずっと同じ姿勢で寝ていたらしく、体を動かすと固まっていた関節がぎしぎしと軋んだ。

……寝ていた？

目の前で手を叩《たた》かれたみたいに、唐突に全神経が覚醒《かくせい》した。俺、いつのまに寝ていたんだ？

「わっ」

足を動かそうとしたら動かなくて、視線を落として俺は素っ頓狂《すとんきょう》な声をあげた。

膝の上に、なんだか得体の知れない茶色いものが丸まっていた。茶色い、ふかふかした、毛のかたまりみたいな――

「ね…猫？」

俺が身動きをしたせいで目を覚ました猫は、さも迷惑そうに体を起こして、かああと大きなあくびをひとつした。それから膝の上からぴょんと飛び降りて、畳の上で伸びをする。まだ仔猫《こねこ》っぽさを残した、それほど大きくない猫だった。

「きなこは新入りちゃんが気に入ったみたいね」

声に、今度はばっと顔を上げる。目の前に男がひとり膝をついていた。

「目が覚めたのね。ようこそ、パレス・シャングリラ五反田へ」

男はにっこりと微笑《ほほえ》んだ。

「――」

バックに薔薇《ばら》の花が飛んでいる。ような錯覚をした。

男…だよな。俺の視覚に問題がなければ。

どこからどう見ても、立派な、俺より上背のありそうな男。ブルーのストライプのクレリックシャツに、紺のコットンパンツをはいている。耳に小さなピアスが並んでいた。ちなみに声も、まごうかたなき男の低い声だ。

「あたしは10号室の赤星《あかぼし》よ。よろしくね」

「………」

頭の中にまだひらひらと薔薇の花びらが舞っていた。

次の瞬間、俺ははじかれたようにあたりを見回した。

色褪《いろあ》せた漆喰の壁に、木枠の窓。そうだ。パレス・シャングリラ五反田だ。引っ越してきて、部屋に入ったらあの時の男が寝ていて――

部屋の中には、俺とストライプのシャツの男しかいなかった。あとはのんびり顔を洗っている猫と。あの、眠っていたカメラ男の姿は見えない。

俺は窓際に座っていた。壁にもたれて片膝を立てていて、どうやらその姿勢ですっかり眠り込んでいたらしい。畳の上で折り曲げていた方の足が、猫の重みで感覚がなくなっていた。

男がいつまでたっても起きないから、かまわず引っ越し荷物の片づけを始めたのは覚えている。うるさくすれば起きるだろうとがんがん音をたてて片づけていたのに、男はまるで起きる気配がなくて、半分ほどすませたところでなんだかぐったりと疲れてしまった。

それで少し休憩しようと、開いた窓のそばの壁にもたれて座って、それから……

（あのまま寝ちゃったのか）

あの男が、あんまり気持ちよさそうに眠っていたからだ。それでついつられてしまった。それに窓からは鬱蒼とした庭の木々が見える。その緑の葉が風に揺れるさまが、また激しく眠気を誘った。

その窓の外に目をやると、すっかり陽が落ちている。庭の木のせいで隣家の明かりも見えなくて、まるで山の中にいるみたいに真っ暗だった。部屋の中には薄黄色い電灯がつけられている。

まだ整理しきれていない頭を片手で押さえて、俺は目の前の男に声をかけた。

「あの…」

「なあに」

男は花のように微笑んだ。

「あなたはどうしてここにいるんですか」

「あらやだ、あたしったら。うっとりするような光景だったんで、つい見とれちゃって用件を忘れてたわ」

お上品に口元を覆って、男はふふふと笑った。

くらくらした。

「お食事の用意ができたわよって呼びにきたのよ。今日はあなたの歓迎会よ」

「……は？」

「さ。いらっしゃい。ついでにお台所の使い方教えてあげるから」

「ちょ、ちょっと」

男はぐいと俺の腕を引く。力はやっぱり男のもので、引きずられて俺は半ば腰を浮かせた。

その時、唐突に壁の向こうで、飛び上がるような大きな音がした。

局地的に地震でも起きたかのような、何かが一気になだれ落ちたような音だ。俺は目を見開いて壁を見つめた。隣の部屋だ。

「ああ、くそ…」

さして厚くなさそうな壁を通して、唸り声が聞こえてくる。

……嫌な予感がした。

（隣か）

「蝶野《ちょうの》ちゃんったら、また…。少しは片づけなさいって言ってるのに」

ストライプのシャツの男——名前を言われたような気がするけど聞いてなかった——が、頬に手をあててふうとため息をつく。

隣室はいったん静まって、それからまたガタガタと派手な音が聞こえてきた。そのあとドアを開ける音がする。

「ちょうどいいわ。一緒に行きましょ」

「あっ、あの」

有無を言わせぬ強い力で引っ張られて、俺は転がるように廊下に出た。

「……あ」

廊下に立っていたのは、やっぱりあの男だった。あいかわらずばさばさの髪の隙間から俺を見て、ぴたりと立ちどまる。

ストライプのシャツの男が、ぐっと俺を前に押し出した。

「蝶野ちゃん、新入りちゃんよー。名前は……あらっ、なんだったかしら」

「知ってるよ。あ、名前は知らんけど」

そう言って、男はじゃまくさそうに前髪をかき上げた。

あの時と同じ、真っ黒で直線的な目が俺を刺す。

ぞくりとした。つい逃げるように目をそらす。

本当に嫌だ。嫌いなんだ。こういう目の持ち主は。

蝶野というらしい男はけっこう長身だし、ストライプのシャツの男も俺より背が高かった。俺だっていちおう一七〇は越えてるし、べつにそれほど低い方じゃないと思うんだけど、この二人に挟まれるとかなり居心地《いごこち》が悪い。

「あら。知ってるってどうして？」

「さっき空き部屋と間違えて…」

「あっ、そうだ。あん…あなた、なんで俺の部屋で寝てたんですか」

「だから空き部屋と間違えたんだよ。人が入るのは知ってたけど、いつなのか知らなかったし」

「蝶野ちゃん、8号室で寝てたの？　よく寝場所に使ってたものね」

「俺の部屋、寝るとこないから」

「だから片づけなさいっていつも言ってるじゃないの」

「うわ。その口調、母親みてえ」

「あら、お母さんと思ってくれてもかまわなくってよ」

「胸がないお母さんなんて嫌だな」

「殺すわよ」

「あの」

卓球のラリーみたいにぽんぽんと言い合いを始めた二人の間に、俺は強引に割って入った。

「昨日まで空き部屋だったとしても、荷物が入っていたでしょう」

きつく睨みつけると、蝶野という男はいつかと同じように悪びれない様子で肩をすくめる。

「旅行から帰ってきたばかりで疲れきってて、ろくに見てなかったんだ。それに、昨日はほとんど寝てなかったし」

「寝ないで何やってたのよ」

「駅で野宿しようとしたら路上生活者の人たちに誘われたんで、酒盛りを」

「呆れた」

「意外にいい酒持ってるんだよな。ああいう人たちって」

「ま、後期の授業に間に合うように帰ってきた点だけは誉《ほ》めてあげるわ」

「そろそろ本気で単位が危ないからな」

「ふらふら旅行ばっかりしてるからよ。あたし、あんたは絶対四年で卒業できないと思うわ。カフェテリアのパンケーキセットを賭《か》けてもいい」

「俺、パンケーキなんて食わねえよ」

「だから賭けてるんじゃないの」

「……あの」

半分逃げ腰になりながら、俺はまた口を挟んだ。

「とにかく、今日から8号室に住むことになりましたんで、よろしくお願いします。もう空き部屋じゃないですから。じゃあそういうことで」

それだけ言って、俺は身を翻して自分の部屋に帰ろうとした。その腕を、後ろからがしっとつかまれる。

「だめよ。これから歓迎会だって言ったじゃないの。みんなに自己紹介してもらわなくっちゃ」

冗談じゃない。

ひとりで普通に平穏に、誰にも迷惑をかけずに暮らすつもりだった。もちろんかけられたくもない。

だいたい誰かが引っ越してきたからって歓迎会をするアパートなんて、聞いたこともない。そんな馴《な》れ合いはごめんだ。よりにもよって芸術学部の連中なんかと。

「俺、まだ片づけが」

「そんなの明日にすればいいじゃないの」

「明日にでもそば買ってご挨拶《あいさつ》に行きますから」

「そばなんていらないわよ。うちは新入りちゃんが来たら歓迎会をする決まりなの」

「あのでも」

再び有無を言わせず、ストライプの男はぐいぐいと俺を引っ張っていく。

引きずられて階段を降りながらちらりと後ろを振り返ると、蝶野という男はまだ二階の廊下にいた。壁に肘《ひじ》をついて拳《こぶし》を顎にあてて、こっちを見下ろしている。その薄い大きめの唇に、おもしろがっているような薄笑いが浮かんでいた。

かっと頭に血が昇った。

今すぐもう一度引っ越したい、と思った。金さえあれば。


まだ暑いのに。

（なんで鍋《なべ》なんだ？）

テーブルの上でぐらぐらと煮立っている鍋を見ていると、頭の中まで煮立ってくるようで眩暈《めまい》がした。

（なんでこんなことに…）

話が違う。俺は単にアパートの部屋を借りただけだ。誰かと同居しようと思ったわけじゃない。

「やっぱりみんなでなかよくつつくなら鍋でしょう。さあ新入りちゃん、食べて食べて。あ

いま一番旬の
ボーイズラブマガジン
超人気のノベル＆コミック満載！
Charade
隔月刊誌
シャレード
奇数月29日 全国書店で発売 定価770円(税込)

っ、名前はなんだったかしら？」

「……三木高穂です」

「三木ちゃん、あなたちょっと肉づきが薄いんじゃないの？　顔色もよくないわよ。普段ちゃんと食べてる？　今日はみんなのおごりなんだから、いっぱい食べるといいわ」

パレス・シャングリラ五反田の共有の台所は、けっこう広かった。巨大な食器棚がひとつに冷蔵庫がふたつ、それから中央にどっしりとした古いダイニングテーブルが置かれている。でも鍋がセッティングされたのは、その隣の部屋だった。

隣の部屋は、これも共有の居間らしい。板張りの洋間で、丸いライトのついたシャンデリアが下がっている。部屋の中には、テレビとソファ、ローテーブル、サイドボードなんかが置かれていた。だけどどれも古道具屋で見るような年代ものばかりだ。テーブルの下に敷かれた朽ち葉色のラグは色が褪せて毛足がかなり短くなっているし、ソファは縫い目から中身が飛び出している。しかも、まるで不揃《ふぞろ》いなバラバラなものが向かい合わせに置かれていた。

「ああこれ、粗大ゴミ置き場から拾ってきたのよね」

「………」

今はその居間のローテーブルの上に、カセットコンロと大きな土鍋が据えられている。さらに缶ビールと日本酒の一升瓶が並べられていた。

テーブルの周りには、俺を入れて五人の人間が座っている。全員男。それがあたりまえのように、俺はお誕生日席につかされていた。

「ここはもともと会社の寮だったのよ。賄いつきの。その会社が移転した時に取り壊す予定だったんだけど、当時社長の家にうちの大学で絵をやってた息子がいて、壊すくらいならアトリエ用に、って友達を集めて部屋を貸し出して住み始めたんですって。アパート名も当時の人たちがつけたらしいわよ」

そう説明する赤星さんはデザイン学科の四年生で、服飾デザイン専攻。卒業後はアパレルデザイナーを目指しているんだそうだ。そう思って見ると服装もセンスがいいし、身長もあって見栄えもいい。女装趣味はなさそうだ。なのにこの喋《しゃべ》り方はなんだろう。まあ、他人のことだからどうだっていいけど。

「人にアパートの名前を言うと、五反田に住んでるんですねって絶対言われるんですよね。説明するとびっくりされるから、最近はそれが快感で」

と笑うのは、俺の左手側に座っている7号室の壬生沢《みぶさわ》って男だった。あまり身長はなくて、人のよさそうな童顔に丸い眼鏡《めがね》をかけている。映画学科一年。

「特殊メイクやCGを勉強したくて」

と、壬生沢くんはにこにこ笑って言った。

「へえ。特殊メイク…」

「ホラーやスプラッタ映画が大好きなんです！　こう、内臓ぐちゃぐちゃで血みどろで、首が三百六十度回転したり、腹からエイリアンが出てきたり、ホテルで双子でエレベーターが血の海で」

「ふ、ふうん」

きらきらと輝く瞳《ひとみ》がどっかに行ってしまっている。ぱっと見はまともに見えたのに、なんだか変なスイッチがあるらしい。うっかり押さないように気をつけよう、と俺は思った。

「三木ちゃんは二年だっけ。学部はどこなの？」

「経済です。……芸術学部じゃないのって俺だけですか」

三木ちゃんっていうのはやめてくれないかなと思いながら、右手側の赤星さんに訊いた。

「そんなことないわよ。法学部三年の響川《ひびきかわ》ちゃんって子がいるわ。彼もアトリエは借りてないの。えーと、今はバイトかしら、志田《しだ》ちゃん？」

「今日は家庭教師だろ。そのあとコンビニ」

壬生沢くんの隣の大柄な男が、日本酒をコップでぐいぐい飲みながら答えた。

短髪で、しっかりした眉に意志の強そうな切れ長の目をした、時代劇に出てくる武家の若様みたいな男だった。体格もいいし、剣道着でも着たらさぞかし似合うだろう。名前は志田さんといって、美術学科の三年で洋画専攻。12号室に住んでいる。

「ほんっと、響川ちゃんは働きすぎよねえ。体が心配だわ」

「あいつ言ってもやめないから。……なあ、なんで水炊きなのにキムチが入ってるんだ？」

「あ、それ、白菜だから煮ちゃえば同じかと思って」

「こっち昆布巻きが入ってますけどー」

「ダシだと思えばいいのよ。男の子が細かいこと気にするもんじゃないわ」

テーブルの真ん中に据えられた十人分くらいは作れそうな巨大な土鍋の中身は、一見普通の水炊きに見えるけど、その実闇鍋だった。俺の取り皿には、なぜかチーズのからまったシュウマイが入っている。

「あ、そのシュウマイ期限切れだったんだけど、煮ちゃえば大丈夫よね」

「うっ」

飲み込みかけたシュウマイが喉に詰まった。

台所が共同だから、ここの連中はよくこうやって一緒に食事をするらしい。アパートっていうよりもまさに寮だ。選択を誤った、という思いがますます強くなる。

「きなこ、おまえ猫なんだから猫舌だろ？　鍋はやめとけよ」

そして最大の後悔の理由が、赤星さんの隣であぐらをかいている。

蝶野洸《あきら》。芸術学部写真学科（やっぱり）、二年。

切るのが面倒で伸びただけって感じの中途半端な長さの髪に、顔が半ば隠れている。あまり身なりにかまってなさそうな、いいかげんな格好。うさんくさいことこのうえない。いかにも我が道を行ってそうだ。二年なら、向こうが浪人をしていなければ同い年だ。

y over consumer
apples treated
mical Alar and
sed by discovery
HAWAII

雨の日に公園で会ったことを覚えているのかいないのか、蝶野はそのことについてはひとことも触れなかった。正体不明な闇鍋をさして気にする様子もなく口に運び、ウーロン茶でも飲むみたいにごくごくと酒を飲んでいる。

その豪快な飲みっぷりを呆れて見ていると、ふっとこっちを向いた相手と目があった。

俺はさっと視線をそらした。

覚えていないなら、その方がいい。こういうタイプには絶対に関わりたくなかった。

勝手に写真を撮られたことや、人の部屋のど真ん中で寝ていたずうずうしい姿を思い出す。それに、旅行ばかりしているというし。

いいかげんで無神経で傍若無人で、自分のことにしか興味がない。好きなこと、やりたいことだけを追っていて、それで周りがどんなに迷惑を被るかなんて考えない。そういうタイプの人間なんだろう。

このアパートの連中には悪いけど、芸術学部なんて、多かれ少なかれそういう人種ばかりな気がした。

「ギョウザの皮食うか。ほら」

「にゃ」

蝶野の足元からテーブルに前足をかけてその上を覗き込んでいるのは、さっき俺の膝で丸くなって寝ていた茶色い猫だった。正確には、茶色と白が不可分に混じり合ったよくわからない模様をしている。それが餅《もち》にきな粉をまぶしたみたいだから――というわけで、『きなこ』という名前らしい。

「そういえばあの猫、どこから入ってきたんだろう……」

ひとりごとを呟くと、赤星さんが思い出したように吹き出した。

「きなこったら、三木ちゃんの部屋に入り込んで、ちゃっかり膝の上で寝ちゃってたのよ。あの子はほんと人見知りしないわよねえ」

「ドア、鍵かけなかったんじゃないですか？　僕の部屋のドアも、ちゃんと鍵かけとかないと勝手に開いちゃうんですよね。このアパート、ボロだから」

「きなこは蝶野ちゃんと一緒によく8号室でお昼寝してたものね」

「……」

猫だのどこでも寝る男だのが勝手に入り込んでくるなんて、まったく油断がならない。今度から、ドアには常に鍵をかけるようにしようと俺は固く心に誓った。

「誰の飼い猫なんですか」

「誰ってこともないのよ。アパートの玄関前に段ボール箱に入れられて捨てられてて……あ、もう一匹いるのよ」

「えっ」

俺は思わず背後霊でも探すみたいに自分の後ろを見た。だけど他の猫の姿なんて、どこにも見えない。

「『あずき』っていうんだけどね。きなこと一緒に捨てられてたから、たぶんきょうだいね。黒猫で男の子なんだけど、この子はもっのすごく人見知りするの。今は三木ちゃんがいるから姿を現さないんだと思うわ」

「あずきときなこ…」

「ま、慣れればそのうち出てくるわよ。あずきはいつもは響川ちゃんの部屋で寝てるんだけど。あ、きなこは女の子でね、蝶野ちゃんが一番のお気に入りで、蝶野ちゃんの部屋をベッドにしてるの」

「蝶野はタラシだから」

言って、志田さんがにやにやと笑った。

「俺、ケモノにはもてるんだ」

「そりゃ仲間だと思われてるんだろ」

笑い声があがる。

たしかにこの男はどこか動物的というか、どこででも生きていけそうなしたたかなずぶとさがありそうだ。タラシかどうかは知らないけど。

「三木ちゃん、もっと飲みなさいよー。今日はあなたの歓迎会なんだから」

「いえ、俺はもう」

差し出されたビールを手を上げて断る。サークルの新歓コンパで肴《さかな》にされている新入生になった気分だ。

よほど酒好きが揃っているのか、気がつくとずらりと並べられたビール缶はかなりの数がカラになっていた。日本酒の一升瓶も、ずいぶん中身が減っている。壬生沢くんは赤い顔をしてずっとにこにこと楽しそうに笑っていて、赤星さんは酔っているせいなのかそれが常なのか、やたらと饒舌《じょうぜつ》だった。蝶野と志田さんは煙草《たばこ》を吸いながら日本酒を飲んでいて、この二人は見た目の変化はない。そして話題は、ニュースやテレビのネタから大学祭のこと、果ては鍋にふさわしい具材から美しい自殺の仕方まで、縦横無尽に節操なく転がっていく。

その様子を見ていて、ひょっとしてこの連中はこうやってしょっちゅう宴会をやっているんじゃないか、と思った。今回は俺の引っ越しだったけど、理由はなんでもいいのかもしれない。

（つきあってられない）

俺は適当なところで立ち上がった。

「じゃあ、俺そろそろ…」

「あら、だめよお。主役がいなくなっちゃ」

「でも引っ越しで疲れたんで、早く風呂に入りたいし」

「赤星さん、引っ越し早々あんまりつきあわせちゃかわいそうだろ。もう休ませてやれよ」

志田さんが横から助け舟を出してくれた。喋り方はちょっとぶっきらぼうな人だけど、この中では一番まともそうだ。

「そうねえ…。ほんとはもっと三木ちゃんの話を聞きたかったんだけど。あんまり喋ってくれないんだもの。でもまあ、これから機会はいくらだってあるものね」

赤星さんはにっこりと笑った。

「……」

できればそんな機会は今後いっさいなくていい、と俺は思ったけど、あえて口には出さなかった。

立ち上がって、テーブルを離れる。居間を出ようとしてふと振り返ると、テーブルの上は、ビール缶やコップや食べかけの食器や灰皿があふれ返って、なかなかすごい有様だった。

これまでは、家での食事はたいがい母親と二人きりだった。母親はずっと働いていたから、ひとりで食べることも子供の頃からよくあった。金がないからバイト先や大学の飲み会にもめったに参加しない。だから俺は、こういう馴れ合ってだらだらした空間に慣れていなかった。正直言って、苦手だ。酔ってはめをはずすこともしたくないし、悩みや自分のことを人に話すのも好きじゃない。

人がたくさん集まった、あたたかい匂《にお》いと笑い声のする、乱雑なテーブル。

（そんなのは苦手だ）

まるで——

（そうだ。まるで…）

そんなどうでもいいことを考えて、ちょっとぼんやりしていたらしい。気がつくと、戸口の前で立ち止まっている俺を、真っ黒な目がじっと見つめていた。

蝶野の。

視線があうと、蝶野は意味不明な笑みを唇に乗せた。俺はさっと視線をそらした。

こいつは本当に、人の見られたくないところばかりを見る。その無神経なレンズみたいな目で。腹立たしくて、同時にどこか不安で、不安を感じるってことがまた腹立たしくて、そんな自分の感情から逃げるみたいに俺は足早にそこから離れた。

パレス・シャングリラ五反田には風呂がないので、徒歩五分の銭湯まで歩いて通うことになる。

洗面器がスタンダードなのかもしれないけど持っていないしやる気もないので、適当なナイロンのバッグにタオルと着替えと風呂用具一式を詰めて、俺は夜道を黙々と歩いた。

ひんやりと湿度の低い風が、アルコールと鍋で温まった体をすうっと撫《な》でていく。九月も上旬を過ぎると、昼間はともかく夜の空気からは夏の気配がすっかり拭《ぬぐ》い去られていた。アパートの周りには畑や空き地がたくさんあって、夜気を震わせる虫の声が草むらの中から流れてくる。

寂しい街灯が等間隔に並ぶだけの人気《ひとけ》のない道を歩いていると、さっきまで複数の人間の話し声の中にいたせいか、妙にくっきりと〝ひとり〟を感じた。母親と二人暮らしだった時は、わざわざそんなことを感じたりはしなかったのに。

考えているとだんだん足が重くなってきて、ため息が出た。

（……俺、あのアパートでやっていけるんだろうか）

今までの生活環境とあまりにも違いすぎる。あんなごった煮みたいな連中に始終囲まれて干渉されて暮らすなんて、俺にはとうてい無理な気がした。

だけどそんなにすぐにまた引っ越しをするわけにもいかない。とりあえず一年だけ我慢して金を貯《た》めて、それからまた引っ越しをしようか…と考えながら、銭湯のクラシカルな『ゆ』という暖簾《のれん》の下をくぐる。そういえば、住人は全員ここを使うんだから、風呂の中で鉢合わせをすることもあるんだよなと思い至って、げんなりした。

銭湯から戻ると、居間はまだ宴会の真っ最中だった。その騒がしい声を尻目《しりめ》に、そっと階段を上がる。片づけが途中の部屋にため息をつきながら、布団を敷いた。

同じ屋根の下、布団に潜り込んでも階下の声は響いてくる。とくに笑い声が。明日耳栓を買ってこようと思いながら、俺はきつく目を閉じた。

だけど昼間寝てしまったせいか階下の宴会のせいか、それとも慣れない部屋のせいか、いつまでたっても寝つけない。布団の中で俺はいたずらに寝返りばかりを繰り返した。

窓の向こうでは、風が吹くたびに庭の木がざわざわと鳴る。うるさいわけじゃなかったけど、下町のごちゃごちゃした地区のアパートに住んでいた俺には、やけに耳につく音だった。木の多いところでは、夜ってこんな音がするんだと思った。皮膚《ひふ》から沁《し》み込んで体の奥にいつまでも残るような、饒舌な夜の音だ。

それでもいくらかはうとうとしたようだったけど、夜半過ぎ、どうにも喉が渇いて俺は布団から起き上がった。ひさしぶりに口にしたアルコールのせいだ。

枕元《まくらもと》に置いておいた腕時計を見ると、深夜二時を回っていた。スリッパを履いて階段を降りていくと、さすがに階下もしんと静まり返っている。でも居間からは薄い明かりがこぼれていた。半分開いたままになっている引き戸からちらりと覗くと、スタンドライトの明かりの中、志田さんがひとり起きてソファに座っていた。

ライトはオレンジがかったクリーム色の布張りの傘がついた古そうなもので、その傘のせいか光はふんわりとやわらかい。志田さんは特に酔った様子もなく、煙草を吸いながら真面目《まじ》な顔で文庫本をめくっていた。さっきは見なかったハーフリムの眼鏡をかけている。気配に気づいたのか、ふっと顔を上げた。俺は小さく会釈した。

「こいつらにつきあうの、大変だろう」

小声で言って、厳しめの目元をゆるめて微笑《わら》う。やっぱりこの人が一番まともそうだ。

テーブルの周りの床には、赤星さんと壬生沢くんと猫のきなこが切り倒された木のようにごろごろと転がっていた。死屍累々《ししるいるい》、という単語が頭をよぎる。

「…あれ。もうひとりは…」

「蝶野だったら、携帯で呼び出されてバイトに行ったよ」

「こんな時間に?」

「あいつ水商売だから」

「志田さんは寝ないんですか」

「目が冴《さ》えちまったからな。俺、酒飲むと頭がクリアになるんだ」

「それは……すごいですね」

ずらりと並べられたビールの空き缶を見て辟易《へきえき》する。この環境に順応してしまったら、酒浸りの学生生活になりそうだ。

居間と台所は引き戸でつながっているけど、俺は居間は通らずに廊下側から台所に入った。食器棚には共有の食器がたくさんあって、好きに使っていいと言われている。コップをひとつ出して、水を汲《く》んだ。それを飲んでいると、玄関でからからと戸の開く音がした。

(こんな時間に誰だろう)

少し考えて、そういえば住人でまだ会っていない人がいるんだったな、と思い出した。法学部三年の、響川さん。このアパートじゃ唯一のお仲間だ。

足音はひっそりとしていた。静かなその音が近づいてきて、俺のいる台所に、人がひとりうつむきがちに入ってきた。

ずいぶん細身な人だった。背は俺とそう変わらないか少し高いくらいだけど、華奢《きゃしゃ》という印象すら受ける。居間の明かりが漏れているから台所の電気をつけていなくて、加えてうつむいているせいで、顔はよくわからなかった。ちかりと光を返すメタルフレームの眼鏡をしている。

その人は数歩中に入ってから俺に気づいて、びくっと全身を硬直させた。まるで幽霊にでも会ったみたいな驚き方だ。

「だ、誰?」

「あ、すみません。驚かせて…」

「響川」

居間の方から志田さんが出てきた。境の壁に手を伸ばして、天井の電灯のスイッチを押す。

光に怯《おび》える生き物みたいに、響川さんは片手を上げてさっと顔をそらした。

風呂に入ってきたのか、髪が少し濡れていた。そのまっすぐな髪がひたいに下りて目元を隠している。眼鏡とあいまってちょっと暗そうな外見に見えた。だけど——ひょっとしてこの人はすごく綺麗な顔をしているかもしれない、といきなり気づいた。線の細いひっそりした顔立ちだけど、パーツのひとつひとつがいちいち整っている。でも表情があまり動かないせいか、ちょっと冷たい、近寄りがたい印象を受けた。たくさんの色を使って描かれたカラフルで華やかな絵じゃなくて、グレイの濃淡でできた無機質なモノクロームの細密画、って感じだ。

「おかえり。今日から8号室に入った三木くんだ。経済の二年だって」

「…あ、ああ、そう…」

曖昧《あいまい》に頷《うなず》いて、響川さんは小さく「よろしく」と言った。目線はあわない。俺は「よろしくお願いします」と頭を下げた。

「風呂、間に合ったか？」

「あ、うん…」

「今日は三木くんの歓迎会をやってたんだ。まだ雑炊が残ってるぞ。食えよ」

「いや、いい」

「おまえちゃんと食ってんのか？　また…」

大股で台所に踏み込んできた志田さんは、さっと響川さんの腕を取った。

「また細くなってるんじゃないだろうな」

長袖《ながそで》のシャツの腕を、ぐっと自分の目の前に掲げる。体格が段違いの志田さんに引っ張られて、響川さんはぐらりとよろけた。それから志田さんを睨みつけるようにして、そっけなくつかまれた腕を振り払った。

「体重は変わってない。それでいいだろ」

冷たい、切って捨てるような口調だった。

「……」

志田さんはかっきりした眉をぎゅっとひそめて、響川さんを見る。でも何も言わずに視線をそらした。床に向かって、小さくため息をこぼす。

「……俺、もう寝るから」

くるりと向きを変えて、響川さんは俺の前をすっと横切って台所から出ていった。

志田さんは俺の存在なんか忘れ去ったみたいに、しばらく戸口の方をじっと見つめていた。

俺が見ているのに気づくと、ばつが悪そうに少し笑う。

「悪い。あいつ無愛想で…。人見知りするから」

「あ、いえ」

「俺ももう寝るか」

疲れたように肩を回しながら、志田さんは居間に戻った。床に転がっている二人を起こそうとする。

「ほら、壬生沢、風邪《かぜ》ひくぞ。部屋行って寝ろよ」

「うーん…」

厳しい顔して、志田さんは面倒見もよさそうだ。俺はおやすみなさいと挨拶をして、台所の明かりを消して自分の部屋に戻った。

志田さんは響川さんを待っていたんだなと気づいたのは、再び布団に潜り込んで少したってからだった。


翌朝、普段よりはかなり寝過ごした時間に起きると、俺はまず近所のスーパーに買い物に行った。食料品を買い、それを台所備えつけの冷蔵庫に詰める。冷蔵庫は大きくて旧式なものがふたつあって、住人ごとにエリアが決められていた。

「でも食べられたくないものには名前を書いた方がいいわよ」

と忠告してくれたのは赤星さんだ。無法地帯なのかもしれない。気をつけよう。

それからトーストとハムエッグとサラダの簡単な食事を作る。働いている母親との長い二人暮らしのおかげで、料理はそこそこなせる方だった。コーヒーを淹《い》れて、台所のテーブルでそれを食べていると、階段を降りてくる足音がした。

「あら。早いのね、三木ちゃん。二日酔いしてない？」

「そんなに飲んでませんから」

「いいわねえ。ダメあたし、食欲ないわあ」

赤星さんはテーブルの上にだらりと上半身を伸ばす。そりゃあれだけ飲んでれば、二日酔いにもなるだろう。

「コーヒー飲みますか。インスタントですけど」

「ありがと。いただく」

続いて降りてきたのは壬生沢くんで、やっぱり「二日酔いですー」と死人のような顔色をしていた。ごくごくと水ばかりを飲む。

そしてちょうど俺が食事を終えた頃、志田さんが起きてきて、二日酔いの二人をせきたてて居間の後片づけを始めた。俺も手伝って、惨状と呼びたくなる有様だった居間はようやく復旧した。

そのあと部屋に戻って、途中になっていた引っ越し荷物の片づけの続きをした。さらに買わなくちゃいけないものをリストアップして、買い物に出る。ついでに引っ越しに伴った手続きもいくつかすませ、戻ってくるともう夕方遅い時間だった。

簡単にパスタの夕食を作って、ひとりで食べる。居間を見ると、きなこが開け放たれた窓の前で伸びきったゴムのように長くなって寝ていた。黒猫だというあずきの姿は見えない。

(本当にいるのか?)

からかわれたんだったりして。

人の気配があまりしないなと思って通りかかった壬生沢くんに聞いてみると、みんなバイトに行っているか、アトリエにこもっているんだろう、ってことだった。ここの住人は夜型の人間が多いらしい。ひとりで静かに食事ができるから、かち合わないのはありがたかった。

俺もバイトを探さなくちゃいけない。もうすぐ後期の授業が始まるから、それまでには決めようと考えていた。以前のバイトは辞めてしまっていたので、近場で、できるだけ割のいい仕事を見つけたい。

買い物に行った時にアルバイト情報誌も買ってきたので、部屋に戻ってぱらぱらとめくってみた。やっぱり都内よりは数が少ない。大学に通いながら生活費を稼がなくちゃいけないわけだから、なるべく短時間で稼げるものを…と考えると、なかなかすぐには見つからなかった。

（家庭教師は割がいいけど、理系の学部か法学部が人気なんだよな…。工事現場はちょっと自信ないし）

机の上に置いた時計を見ると、八時を回ったところだ。俺は情報誌を置いて立ち上がった。店系は夜の方が時給がいいだろうし、アルバイト募集の貼《は》り紙を出している店がないか、直接歩いて探してみようと思った。

最寄り駅からふたつ目に、このあたりでは一番大きい街がある。うちの大学の学生もよく食事やコンパに利用している街だ。探すんならここらあたりだろうと、駅前の繁華街を適当に歩いた。

いくつかの店で、バイト募集の貼り紙を見つけた。だけど時給はそこそこだ。高額なのはやっぱり水商売の、それも『女の子募集』というやつで、女の子はいいなと思いながらバーやクラブの連なるあたりをふらふらと歩いた。

派手な看板やネオンサインが増えてくると、相対的に酔っ払いも多くなってくる。学生風の集団もいるし、客引きや、化粧の濃い女の人たちの数も多くなってきた。

『男の子募集』

そんな中でその貼り紙を見て、俺は思わず立ちどまった。

出ている看板はバーのものだ。ウエイターだろうか。同じウエイターでも、喫茶店やレストランよりこういう店の方が時給はいいんだろうな…と、俺はその貼り紙をじっと見つめた。

「興味ある？　あなただったら即採用よ」

かなり長い間見つめていると、急に後ろから声をかけられた。同時にがしっとばかりに両肩をつかまれる。俺はびっくりして振り返った。

「わっ」

「あらあ。失礼ねえ。熊《くま》に会ったみたいに驚かないでよ」

熊に会うよりもっと驚いた。

俺のすぐ後ろに立っているのは、見上げるように大きな人だった。横幅も大きい。そしてその貫禄《かんろく》ある体に、華やかな和服をまとっていた。ピンクがかった薄紫地に花だの柳だのお屋敷だのが流れるように描かれた、高価《たか》そうな着物だ。

でも俺の肩をつかんだ手は力強く、甲には太い血管が浮いている。化粧は塗り壁のように濃かったけど、口の周りには髭《ひげ》の剃《そ》り跡が青々と浮いていた。

その顔をぐっと近づけられ、ガラス玉かと思うような大きな石の指輪がはまった人差し指で、くいっと顎を持ち上げられる。

「まあ、若いとお肌も綺麗ねえ。それにとってもかわいいし。きっと美人になるわ。ナンバーワンも夢じゃないわよ」

「――――」

俺が言葉をなくして硬直している間に、その人は俺の肩を片手でつかんだまま、目の前の重そうなドアを開けた。

「みんなー。新しいコが入るわよー。綺麗にお化粧してあげてちょうだーい」

「ゲ…ッ」

（ゲイバーか！）

わらわらと店の中から出てきたのは、もれなく全員女装した男だった。悪夢に出てきそうなのからけっこう見られるのまで、いろいろだ。

「きゃあママ、かわいいじゃなーい。どっから連れてきたの？」

「若いわねえ。お名前は？」

「化粧映えしそうね。腕が鳴るわ」

「ドレス持ってる？　なかったらあたしの貸したげるわよ」

「いっ、いやあの俺は」

女言葉は赤星さんで免疫がついたかと思っていたけど、化粧に長髪にドレスに着物にきらきらしたアクセサリーで迫られると、さらにパワーアップした迫力がある。目がちかちかした。着物の大男に肩を抱かれたまま店の中に連れ込まれそうになって、俺は必死で抵抗した。

「すいませんっ、間違えました！」

「そんな女子更衣室に間違って入ったみたいな照れ方するんじゃないわよ。かわいいわねえ」

「おっ、俺、そういう趣味ないんで」

「あら、やってみると案外ハマるかもよ？」

「そうそう、綺麗になった自分にうっとりしちゃったりして」

「あんたがその顔で言わないでよー」

「何よお」

「まあまあ。ちょっと試しにやってみない？　未知の自分に出会えるかもよ？」

（そんな自分、出会わなくていいです）

女の格好をしていても力は男だ。集団で押さえ込まれて引きずられて、俺はレイプでもされかかっているような恐怖を覚えた。

(だ…っ、誰か)

――助けてくれ!

「ママごめん、こいつ俺の連れだから」

ドレス群の間からひょいと腕が伸びてきて、俺の腕をつかんだ。

白いシャツの腕。

振り向いて、息を呑《の》んだ。

「……っ、――ちょ」

「あら。洸くん」

強い力で俺を自分の方に引き寄せて、蝶野がにやりと笑った。


「女装姿見てみたかったんだけど、あんまり悲愴《ひそう》な顔してるから」

「笑うな!」

怒鳴っても、蝶野は底意地悪そうにくっくっと喉で笑うのをやめなかった。俺はその横顔を睨みつける。

顔は確かに蝶野なんだけど、雰囲気は別人だった。

いつもぼさぼさの髪は整髪剤できちんと整えられ、彫りの深い顔のラインや強めの目元があらわになっている。加えて糊《のり》の効いた白い清潔感のあるシャツに、きれいにセンターラインの入った黒いズボンをはいていた。シャツの袖は折って肘の上までまくられている。

身長があるせいか、シンプルでどこかストイックなその格好は、蝶野によく似合っていた。洗練されて、大人びて見える。

(詐欺じゃないのか)

「なんか飲むか?」

片方の眉を上げて、蝶野は俺を振り返った。

「……水」

「つまんねえなあ。せっかくだからなんかリクエストしろよ」

黒い化粧天板のカウンターにハイスツール。バックバーにずらりと並べられた酒瓶。

さっきのゲイバーからあまり離れていない、細い雑居ビルの中にあるバーだった。こっちはごく普通のショットバーだ。カウンター席とボックス席合わせて三十席程度のそれほど大きくない店で、けっこう繁盛しているらしく座席はそこそこ埋まっていた。二~三十代の若い客が多い。

蝶野はカウンターの内側に立っている。カウンターの客に「ホワイト・レディ」とオーダーされ、慣れた手つきで計量してシェーカーを振り始めた。……様になっているじゃないか。

「ねえねえ。こないだも来たんだけど、お休みだったわよね？」

ホワイト・レディの客が頬杖《ほおづえ》をついて蝶野に尋ねる。ＯＬっぽい女性客で、アルコールのせいかもしれないけどかすかに頬が上気していた。

「あ、旅行に行ってたんで」

「へえ。どこに行ってたの？」

「んー、いろいろ」

「旅行の話、聞きたいな」

（……ほんとにタラシ）

普段いい加減に伸ばした髪に隠れがちでわかりにくいけど、蝶野は実は魅力的な顔をしている……かもしれない。綺麗とか端整とかいうのとはちょっと違うんだけど、タレントでも完璧《かんぺき》に整った美形より粗削りな方が多くの人に支持されるみたいに、どこか人を惹《ひ》きつける微妙なバランスの魅力がある。皮肉な笑いの似合う大きめの口とか、俺は苦手だけど。

ちなみにゲイバーのお姉さん（って言っていいのかどうか）たちにも、蝶野は大人気だった。

「洸くーん、またうちに手伝いに来てよー」

「ああ。バーテンダー足りなかったら呼んで」

「あんなしょぼい店辞めて、うちでバイトしなさいって言ってるじゃないの。バイト代はずむわよ」

「そんなことしたら店長が泣くからなあ」

「じゃあお客で来てー」

「金ないよ」

「洸くんだったらタダでいいわよお」

そうやって和気あいあいと喋りながらうやむやのうちに俺を救い出してくれて、連れてこられたのが、このバー『ヴィクター』だった。

渋すぎないシックな内装で、隠れ家というほど客を選ばないけど、客筋は悪くなさそうだった。居酒屋ノリでバカ騒ぎしているようなのはいない。俺は客のじゃまにならないように、カウンター内側の小さな丸椅子《まるいす》に腰かけていた。本当はさっさと帰りたかったんだけど、蝶野に「寄っていけよ」と言われ、いちおう助けてくれた相手だから邪険にもできず、こうして手持ち無沙汰《ぶさた》に座っているわけだ。

蝶野はバーテンダーのアルバイトらしいけど、店内に他の店員の姿が見えなかった。まさかひとりで営業しているわけじゃないだろうと思って訊いてみると、

「店長が風邪でダウンしてさっき帰っちまって。店閉めようと思ったんだけど、常連の連中が開けとけってうるさいからさ」

って答えが返ってきた。

「おいおい蝶野、うるさいとか言うなよ。オレら客だぜ？」

「先輩らは客単価低すぎだから」

ボックス席のひとつから笑い声があがる。どうやらうちの大学の上級生らしい。髭生やしてて、とても学生には見えない人とかいるけど。

（そんないいかげんでいいのか？　学生バイトなのに）

それにさっきはフランスパンが切れて買いに走ったところだと言っていた。ってことは、その間店は客だけで放置されていたってことだろうか。信じられない。恐ろしい。

「いらっしゃい」

そんな状況をよそに、二人連れの新しい客が来た。「ジン・バックとトム・コリンズ」とオーダーが入る。

「あと、チーズの盛り合わせ」

「こっち水割りおかわりね」

「すいませーん。マッシュルームのサラダとペペロンチーニくださーい」

客席から次々オーダーが飛ぶ。蝶野はきつめの眉をぎゅっとしかめた。

「くそ、俺はフードは苦手なんだよ…」

腕組みをして何か思案していたかと思うと、蝶野はやおら俺を振り返った。

「おまえ、ペペロンチーニ作れる？」

「……は？」

瞬きをして、俺は蝶野を見返した。

「作れるか作れないか訊いてるんだけど」

思わずごくりと唾《つば》を呑む。

「つ、作れるけど」

「助かった。じゃあ頼む。鍋はこれでパスタはここ。あとはえーと、にんにくと鷹《たか》の爪《つめ》か
……」

ぶつぶつ言いながら、蝶野はペペロンチーニの材料を調理台の上に並べた。

(頼む、って)

「なんで俺が」

「バイト探しにきたんだろ？　ちょうどいいじゃん。働いていけよ」

「はああ？」

「あとで店長に言ってバイト代出させるから」

「そんな、いきなり言われても」

「忙しいんだよ。見ればわかるだろ？」

「…っ」

またもや頭に血が昇る。こいつといると、いつか俺は血管切れそうな気がする。

蝶野はそんな俺の反応にはかまわず、さっさとドリンクを作り始める。一瞬無視して帰ろうかとも思ったけど、客がいてオーダーが入っているのに放り出すっていうのが他人事でもどうしてもできなくて、しかたなしに俺はにんにくを手にした。

(……ペペロンチーニね。作ってやろうじゃん)

実はパスタ料理は得意だ。

(見てやがれ)

にんにくをできるだけ薄くスライスする。鷹の爪は種を取って輪切りに。フライパンにオリーブオイルとにんにく、鷹の爪を入れて、弱火でゆっくりと温めてオイルに風味を移す。茹《ゆ》で上がったパスタをフライパンに移して、茹で汁を少し入れてから塩で味を調えて、イタリアンパセリを散らして出来上がり。

「へえ」

出来上がった皿を見て、蝶野は高く眉を上げた。

「驚いた。手際がいいな」

「……まずくはないと思うけど」

アルデンテの茹で上がりにはほんとはちょっと自信があった。蝶野は「味見」と言いながら、皿の上からつるっとパスタを一本取った。

「あ、こら。お客さんに出すんだろ」

「だから味見だって。……お、うまい」

唇の薄い大きめの口が、にっと嬉《うれ》しそうに笑った。

「……」

蝶野が客のテーブルに皿を運ぶ。気になって窺《うかが》っていると、俺の作ったペペロンチーニはなかなか好評なようだった。「こないだ食べたのよりおいしー」という声にほっとして、俺は蝶野を振り返った。

「じゃあ、俺はもう帰…」

「蝶野、客単価上げてやるよ。モスコミュールおかわり。それからモッツァレラとトマトのサラダね」

「はいよ。あ、チーズとトマトは冷蔵庫。バジルは生のがここにあるから」

それだけ言って、蝶野はすぐに仕事に戻る。ドアからはまた新しい客が入ってきた。

(……なんでこんなことになるんだ?)

とすでに何度も思ったような気がする。もういいかげん慣れた。

ため息をこぼして、俺はカウンター内の奥にある冷蔵庫の扉を開けた。

遅くなると銭湯に間に合わなくなるからと帰ろうとしたら、店の奥にシャワーがあるとあっさり返され、結局閉店までいるはめになった。

店はずっとそれなりに忙しく、突然フード系を一手にまかされた俺は尋常じゃない苦労をした。バーだからそれほど凝った料理はないんだけど、中には名前だけじゃどんな料理なのかわからないものもあって、それを勘だけで作らされたのだ。

「タコのグリーンソース？　ってどんな料理？」

「たしか、タコに緑色のソースがかかってて……」

「いやそれはそうなんだろうけど、その緑色のソースってなんでできてるんだ？」

「さあ」

「……」

という状態で蝶野はあてにならないし、事情を察した蝶野の先輩連中はおもしろがって次々オーダーを入れてくる。彼らは酔っ払っているせいもあってか、みんな陽気で人なつこくて、やたらに俺にも馴れ馴れしく話しかけてきた。おかげで店のライトを落とした時には、俺は身も心もぐったりと疲れきっていた。バイトをしにきたんじゃなくて、探しにきただけなのに。

こうなったら労働量に見合う報酬をきっちりもぎ取ってやる。じゃないと納得がいかない。

「おまえこのままうちでバイトすれば？　ちょうどひとり辞めたところで、人手不足なんだ。三木の料理の腕なら店長大喜びだな」

店を閉めてシャワーを浴びたあと、アパートへの帰路につきながら、気楽な口調で蝶野が言った。

「……冗談だろ」

終電はとっくに出てしまっている。蝶野はアパートから店まで自転車で通っていた。かなり使い込まれたシルバーのマウンテンバイクで、卒業した先輩から譲り受けたんだという。蝶野が漕《こ》いで、俺は後ろの荷台にまたがって二人乗りをした。不本意ながら両手で前の男の腰につかまる。荷物をくくりつけるための小さなキャリアだから、乗り心地はよくなかった。だけどさすがに歩いて帰る気力はないから仕方がない。

ごちゃごちゃした繁華街を抜けて、線路の鉄塔を横に見ながら眠りについている住宅街を走り抜ける。鉄塔の上を三割欠けた月が同じスピードで追いかけてきた。風が気持ちいい。街灯が目の端を尾を引いて流れていく。真夜中に自転車で走るのなんて、何年ぶりだろう。

自分だって疲れているだろうに、蝶野はマウンテンバイクを軽快なスピードで走らせた。風に乗って、なんの曲だかよくわからない鼻歌が流れてくる。

変な気分だ。あの雨の日の不躾なカメラ男と、こうして真夜中に二人乗りをしているなんて。人生って至るところ落とし穴だらけだ。

「三木は料理が趣味なのか?」

信号につかまって停《と》まっている時に、蝶野が振り返って何気ない口調で訊いてきた。

店で着ていたのはユニフォームらしく、蝶野はいつものルーズな服装に着替えていた。シャツの裾《すそ》が夜風にぱたぱたとはためく。ちゃんと撫でつけてあった髪も、シャワーを浴びたせいで元通りのばさばさ頭に戻っていた。

「趣味ってことらないけど……なんで？」

「いや、一人暮らししてたにしても、その年にしては上手いよなと思って」

「……働いている母親と二人暮らしだったから」

ぼそりと答えると、蝶野は特に何を思ったふうもなく、「ああそう、ふーん」とだけ言った。すぐに前に向き直る。どうして中途半端な時期に引っ越してきたのかは、訊かなかった。

交差している方の信号が赤に変わる。車の数はごく少なかった。蝶野がペダルを踏み込もうとしたその時、遠くの方から、夜の静寂に錐《きり》を突き刺すような高い音が聞こえてきた。

「……あ」

ひゅっと無意識に短く息を吸った。

「救急車か」

蝶野が低く呟く。

交差道路の右手側から、だんだんとサイレンの音が近づいてきた。赤い光も。

（赤い）

どんどん大きくなる。回っている。近づいてくる。音にも同じ色がついている。緊急の赤。

警報の赤。焦燥の赤。

——大変なことが起きてしまった、という色。

心臓がドクンとふくらんで喉元に迫る気がした。

『交差点直進します。車線中央をあけてください』

マイクの声。交差点に近づいて、サイレンが音の種類を変える。白い救急車が目の前を通過しようとする。サイレンが一番近づいた瞬間、頭の中が反響音でいっぱいになった。

網膜に赤い光のかけらが残る。

救急車が交差点を抜けるまで、蝶野はその場でそのまま待っていた。

「……三木？」

俺は蝶野の腰につかまったまま、まるで動けずにいた。一時停止のボタンを押されたまぬけなビデオの映像みたいに。ただ体の内側で、心臓だけがここから逃げたがっているみたいにどくどくと鳴っている。頭の中で赤い光がまだ目まぐるしく回転していて、体は冷たいのに、頭の中心だけが妙に熱かった。

「どうした。おい」

「大丈夫か？」

体をひねってこっちを向いた蝶野に手首をつかまれて、俺ははっと我に返った。

「あ…」

俺は無意識に蝶野の腰を強く握りしめていた。シャツは皺《しわ》だらけのぐちゃぐちゃになっている。皮膚にも痕《あと》がついているかもしれなかった。

手首を握った手に力をこめて、蝶野はそっと俺の手をはずそうとする。だけどこわばった指からはなかなか力が抜けてくれなくて、なんとか剝《は》がしても、こまかく指先が震えていた。

「……ごめ」

(何をやっているんだ)

俺はぎゅっと唇を噛《か》んだ。

「………」

蝶野は何か言いたげに、でも何も言わずにじっと俺を見る。その底なしに黒い目で。

(嫌だ)

俺は顔をそらした。見られたくない。こんな目に見られるのは嫌だ。全部を——見透かされそうな気がする。

「じゃあ行くか」

手首を握っていた手が離れていった。サイレンはもう遠く過ぎ去っていて、街は静かな夜を取り戻している。何事もなかったかのように、蝶野はまたペダルを漕ぎ始めた。

「聞いたわよお」

こぼれ落ちんばかりの笑みをたたえて赤星さんが台所に入ってきた時、夕食を食べていた俺はぎくりと箸《はし》を止めた。

「何をですか」

「三木ちゃん、もっのすごくお料理が上手なんですってね。あらっ、今日のごはんもおいしそうねえ」

（そっちか）

ごま風味の肉じゃがとほうれん草の卵とじとごはん、というごく質素なメニューを、赤星さんはにこにこと眺める。

「……腹減ってるんですか」

「あら、やあねえ。もの欲しそうだったかしら。違うのよ。お夕飯はバイト先のみんなで食べてきたの。あ、バイト先っていうのはセレクトショップなんだけどね。でもうちのアパート、これまで料理上手な子っていなかったから、これから宴会やる時が楽しみだわあと思って」

「俺、作りませんよ。お母さんでも家政婦でもないんですから」

「そんな冷たいこと言わなくてもいいじゃなーい」

赤星さんは俺の肩に手を置いて、ぐっと顔を近づけた。

「三木ちゃんがゲイバーで働く時は、あたしがサイズぴったりの素敵なお洋服を作ってあげるわよ」

「……っ」

たぶん赤くなってしまった顔で睨みつけると、赤星さんはきゃあと女子高生のような声をあげて逃げていった。

（……まったく）

俺はため息をついた。だからこんなアパート嫌なんだ。プライバシーなんかあってなきがごとしじゃないか。

次に台所に入ってきたのは志田さんだった。一階の部屋のドアの音がしたから、アトリエにいたらしい。ぐるぐると首を回しながら食器棚の引き出しを開けて、カロリーメイトを取り出した。冷蔵庫からミネラルウォーターのペットボトルも出す。

「……それが夕飯なんですか」

思わず訊くと、眼鏡をかけている志田さんはミネラルウォーターを飲みながら答えた。

「いや、俺は描いてる時は腹減らないから食わなくてもいいんだけど、長丁場になりそうだから響川になんか食わせなきゃと思って」

「響川さん？」

志田さんは思い出したように「ああ」と呟いた。

「響川にはモデルのバイトをやってもらってるんだよ。そろそろ学祭の準備も始めなくちゃいけないしな」

「へえ……」

モデル。まあ、あれだけ綺麗な人なら、描きたくなるのもわかる気がするけど。

志田さんがアトリエに戻ってしばらくして、今度は蝶野が階段を降りてきた。俺の前の椅子にどっかりと腰かける。

「なあ。バイトの件、考えたか?」

蝶野がバイトをしているバーでいきなり働かされたのは、二日前のことだ。そのあと再度、バイトに誘われていた。頬杖をついてにやにや笑う顔にむっとしながら、俺は答えた。

「嫌だ」

「なんでだよ。条件いいだろ? 時給いいし、なんなら俺がチャリで送り迎えするし」

「なんでバイト先でまでアパートの人間と顔あわせなきゃいけないんだ」

「でも店長におまえのこと話したら、今すぐにでも、って熱望してたぜ。あの日の常連客も、店長が作るメシよりおまえが作るのの方がうまいって言ってたし」

「……」

「店長、実は料理ヘタなんだよな。だから三木が入ってくれたら、店にとっちゃありがたいんだけど」

「……嫌だ」

「どうして？」

「……」

頬杖をついてまっすぐに見つめてくる目。息苦しくなる。

笑っていたり軽口を叩いていたりするとわからないけど、真顔になると、蝶野は少し怖いと思う。そのどこか硬質な目が、内側で何を考えているのかまったく読み取らせないのだ。

俺はさりげなく視線をそらした。

「俺、ああいう客と店の人間がなあなあになってるようなところって苦手だから」

うつむいて、食事に集中しているふりをして早口で言った。ちょっとつっけんどんな口調になったかもしれない。

「騒がしいのも、やたらに人にかまわれるのも嫌いなんだ。ひとりの方が気が楽だ。だから、一年くらいして金が貯まったら、このアパートも出ていこうと思う」

「……」

嫌味に聞こえただろうか。いや、どこからどう聞いても嫌味だ。

蝶野は少しの間じっと俺を見て、そのあとひとこと「ふうん」とだけ言った。

「じゃあ俺はこれから出勤」

立ち上がって台所を出ていく。廊下を歩く足音が遠ざかっていって、玄関の戸が開いて閉まる音がした。

ようやくひとりになった。俺は小さく息をついた。

なんとなく食事の手が止まって、そのままぼんやりとしてしまう。すると、膝を軽くちょんと叩かれた。

「ん？」

見ると、猫のきなこが椅子に前足をかけて後ろ足で立って、手のひらで俺の膝を叩いていた。期待に満ちた目でじっと見つめられる。

「なんだ？　欲しいのか？」

試しに残っていたごはん粒を少しやってみると、目を丸くして一生懸命匂いを嗅《か》いでから、きなこはぱくりと口に入れた。ぺろりとたいらげて、舌を出して口の周りを舐《な》める。

「おまえの相棒はどうした？」

小さな茶色い頭を撫でてみた。猫はひとこと「にゃ」とだけ言った。

（……あ。でも）

救急車のことは、言わないし訊かないんだな、と思った。

その三日後のことだった。

なかなか条件のいいバイトが見つからなくて、大学のバイト募集の掲示板をもう一度チェックしてきた帰り、アパートの玄関を開けると階段のそばに人が二人立っていた。赤星さんと蝶野だ。

一階のアトリエは、赤星さんは洋服の制作に、蝶野は暗室として使っていると聞いていた。何をしているのか知らないけど、赤星さんが手にしているぺらっとした一枚の紙を二人で見ている。

「あら、おかえりなさい。三木ちゃん」

赤星さんがにっこりと笑いかけてくる。蝶野は何か言いかけるみたいに口をひらいた。俺はちらりと頭を下げて、そのまま階段を上がろうとした。

「待って待って。ねえ見てこれ」

「あっ、赤星さん、だめだって…っ」

赤星さんが手に持っている紙を俺に見せようとするのを、蝶野があわてたように腕をつかんで引く。その紙を俺から隠そうとしたみたいだった。

でも、見てしまった。B5くらいの大きさの、カラーの写真。

木枠の窓にもたれかかって寝ている——

(俺、の)

俺の写真。

それを把握した瞬間、何かを考えるより先に手が動いて、俺はその写真を赤星さんから乱暴に奪い取った。

「あっ…」

蝶野が息を呑んだような声を出す。俺はそれをビリビリに引き裂いて、さらに手で丸めた。

「──」

瞬間的に息が上手くできなくなって、大きく胸が上下する。

「三木」

無神経に俺の名前を呼ぶ、眩暈がするほど腹の立つ男の顔を睨みつけた。

怒りって、本当に視界をおかしくする。滲んで歪《ゆが》んだその顔に向かって、俺はぐちゃぐちゃに丸めた写真を思いっきり投げつけた。

丸めた写真は蝶野の頬にあたって、床にころころと転がった。

「……」

蝶野は黙って転がった紙片を見つめる。

「……写真撮られるの、嫌いなんだって言っただろ」

拳を握りしめて、言った。腹立たしさでみっともなく声が震えた。

「おまえ、最低」

「ちょ…ちょっと、どうしたの、三木ちゃん?」

「こんなアパート、出ていってやる」

「えっ、そんな」

おろおろと手を上げる赤星さんにかまわず、俺はヒステリックな音をたてて階段を駆け上がった。

「三木ちゃん！」

乱暴に部屋のドアを閉めて、鍵をかける。その場にどっかりと座って、両手を髪の中に突っ込んだ。

（出ていってやる。出ていってやる）

頭の中がその言葉でいっぱいだった。

（だからああいうタイプは嫌いなんだ）

アートだの写真だの言って、そのためなら人の気持ちなんて簡単に踏みにじれる。いらないものみたいに脇によけてしまえる。そういう人種。

今後いっさい、関わりを持ちたくない。

（明日、別のアパートを探しにいこう）

最初からそうすればよかったんだ。ひとりでいれば、こんなふうに誰かに腹を立てさせられることもなかったのに。

引っ越しを決心したら、ようやく少しずつ気が治まってきた。その頃には陽が傾いて部屋の空気の色が変わっていた。怒りは消えたわけじゃなく、火事みたいな火から赤く熾《おこ》った炭に変わっている。

住人の誰とも顔をあわせたくなくて、俺はその夜、飯も食わずに部屋に閉じこもっていた。一度部屋のドアがノックされて、「三木」と蝶野の声がしたけど、返事はしなかった。「悪かった」とひとこと言って、足音はドアから離れていった。

少し涼しくなってきたとはいえまだ残暑といってもおかしくない気候の中、飯は抜けるけど風呂に入らないのは嫌で、俺は終了ぎりぎりの時間に銭湯に駆け込んだ。アパートから一番近い銭湯は、深夜二時まで開いている。学生の多い町だし、作品制作のために大学に泊まり込む桜大《おうだい》芸術学部の学生がよく利用するんで、遅くまで開けているらしい。

急いで風呂を使って、Tシャツ姿でアパートに戻る。台所と居間は人の気配がしなかった。冷蔵庫を開けてペットボトルのウーロン茶を出してそれを飲んでいると、さっき俺が閉めた玄関の鍵を、また誰かが開ける音がした。

「あ…、おかえりなさい」

いつかと同じようにひっそりと台所に入ってきたのは、響川さんだった。この人は始終アルバイトをしているらしく、深夜くらいしかアパート内で顔をあわせない。

もともとかなり無口な人のようで、響川さんの方から俺に喋りかけてくることはまずなかった。ウーロン茶を冷蔵庫にしまって軽く会釈だけして、俺はその横を通り過ぎようとした。だけどすれ違ったあと、思わず俺は立ちどまった。

ちらりと見た響川さんの顔色が、ひどく悪かったからだ。青いのを通り越して、紙みたいに真っ白だった。

「……大丈夫ですか？」

「……え？」

自分がどんな顔色をしているのかわかっていないのか、少しおっくうそうに、響川さんは振り返った。

「顔色が悪いですよ」

「……ああ、うん、ちょっと疲れて……」

返ってきた声はひどく力なかった。足取りもなんだかあやうい。

(具合が悪いんじゃないかな)

疲れているのは本当なんだろうけど、それを通り越している気がした。そんなにバイトばかりしてるって、たぶん俺と同じで何か事情があるんだろうけど……

響川さんは冷蔵庫を開けて小さいペットボトルを取り出した。それを持って踵を返す。だけど二、三歩歩いたところで、ふっと足を止めた。

「響川さん？」

体が少し前のめりになっている。近寄ると、眉をひそめておなかを押さえていた。

「どうしたんですか？　おなか、痛いんですか？」

「……いや、大丈夫」

あんまり大丈夫そうじゃない小さな声で、響川さんは言った。

「俺、胃腸弱いから…。よくおなか痛くなるんだ」

「でも……病院に行った方がいいんじゃないですか」

「ほんとに平気だから」

俺を押しとどめるみたいに片手を上げる。あまりかまって欲しくないみたいな、早く切り上げたがっている口調だった。人見知りするから、って志田さんの言葉を思い出す。

だけど言葉とは正反対に、口の端が引きつって、ひたいにはうっすらと汗が浮いていた。

どうしようかと迷っているうちに、響川さんはふらふらと台所の出口に向かった。

すっとその背中が壁の向こうに消える。次の瞬間、ガタンと何かが倒れる大きな音がした。

「響川さんっ？」

あわてて廊下に出ると、響川さんの細い体は、冷たい板張りの床の上にうずくまるように倒れていた。そばにペットボトルが転がっている。

「……ひ」

壊れたテレビの画像みたいに、視界が激しくぶれた。

「響……川、さん？　響川さんっ」

足をもつれさせるようにして駆け寄って、俺は床に膝をついた。

「う……ッ、……くッ」

響川さんは両腕でおなかを抱え込むようにしてくの字になっている。普段は表情の動かない人形じみた顔が、はっきりと苦痛に歪んでいた。取り繕ったり我慢したりできない、本物の苦痛だ。

（……だめだ）

また視界がぶれる。思い出したくない映像が重なる。

「……あ、だ、誰か」

俺はぎこちなくあたりを見回した。うずくまった響川さんは痙攣《けいれん》を起こしたみたいに小刻みに震えている。

手を触れることもできなかった。

怖くて。

さわったら何かもっとひどいことが起きるような気がして。

「誰か……誰かっ！」

バタンと二階でドアの開く音がした。足音がすごい勢いで階段を駆け降りてくる。

「――聡史《さとし》！」

降りてきたのは志田さんだった。

「どうした!?　どこか苦しいのか」

駆け寄った志田さんが両腕で抱え起こそうとすると、響川さんは突然激しく咳《せ》き込み始めた。カシャンと音をたてて、眼鏡が床に落ちる。

「さと……」

廊下と自分の手のひらに散った赤い色を見て、志田さんが目を見開いた。

赤い、鮮やかな――

（血、が）

目の中が真っ赤に染まった。

「三木。救急車」

短い声が飛ぶ。叱咤《しった》するような。俺はびくりと肩を揺らした。

「早く！」

「あ……」

膝の関節がバカになったみたいに、足に上手く力が入らなかった。

（電話）

それでもなんとか立ち上がって、廊下を居間に向かう。気持ち的には走っていたけど、実際は無様によろけていた。

電話機は居間のソファ横のサイドテーブルの上に置かれている。このアパートは各部屋に電話線は引かれていない。だいたいみんな携帯電話を持っているから不自由はないみたいなんだけど、居間のその電話はアパートの代表電話みたいなもので、鳴ったら出てくれと言われていた。

俺はその電話の受話器を持ち上げた。

「……きゅう……救急……」

救急車って何番だっけ。思い出せない。どうしていつも救急の番号ってわからなくなるんだろう。どくどくと血管の鳴る音が首の後ろでする。ちくしょう。しっかりしろ。赤い光がぐるぐると頭の中で回る。ああ、前にもこんなふうにわけがわからなくなったっけ。すうっと体の中心を血がすべり下りていく気がする。

(取り返しが)

——取り返しがつかないことになったらどうしよう。

ふっと指から力が抜けて、まだどこにもつながっていない受話器が、ゴトンとサイドテーブルに落ちた。

「三木ちゃん?」

ぐっと後ろから両腕を挟むようにつかまれた。

「どうしたの？　大丈夫？　電話、あたしがするわ」

いつのまにか背後に赤星さんが来ていた。俺が落とした受話器を拾って、プッシュボタンを押す。

「救急車をお願いします。腹痛を起こして、吐血した人がいて……はい、今は吐血は治まっています。ここの住所は……」

いつものおちゃらけた感じはまるでない、しっかりした声で赤星さんが受話器に向かって話す。

俺は赤星さんに肩を押されるようにして、ソファに座らされた。周りでは足音や人の話し声がひっきりなしにしている。

でも薄皮一枚かぶったみたいに話し声は遠く、言葉はふわふわと宙を漂うだけで何も意味をなさなかった。そのうちに、あの、赤い色のついたサイレン音が近づいてきて、俺はソファの上で膝を抱えて両手で耳を塞《ふさ》いだ。——窓に映る木の影がおばけに見える子供みたいに。

「……三木ちゃん？」

どれくらいそうしていたのか、声をかけられて、俺ははっと顔を上げた。

いつのまにかサイレン音は聞こえなくなっている。あたりはいつも通りの夜に戻っていた。

「大丈夫？」

赤星さんが俺の顔を覗き込んでいた。その後ろに壬生沢くんが立っている。

「志田ちゃんが救急車に乗って一緒に行ったの。あたしと壬生沢ちゃんは自転車で病院に行こうと思うんだけど……」

赤星さんは困ったように俺を見た。

「あ……ごめんなさい。俺は大丈夫です。留守番……してますから」

「電話するからね」

そう言い残して、二人は出ていった。パレス・シャングリラ五反田は、夜の底にひっそりと静まり返る。

俺は膝の間に顔を埋めた。

居間のモスグリーンのカーテンの向こうで、ざああっと木が騒ぐ音がする。夜の鳴る音。濃い緑に囲まれて建つ、長い年月を経た建物。ここがこんなに静かなのは越してきて以来初めてだ。

今ここには、俺ひとりしかいない。

(俺だけ)

こうやって目を閉じて静かな場所でうずくまっていると、だんだんと時間や場所の感覚がなくなってくる。病院の廊下の長椅子の上で同じようにうずくまっていた夜のことを、心が勝手に反芻《はんすう》する。

……どうして人は壊れるんだろう。

怖いことも悲しいことも起こらない世界があればいいのに。

「……三木」

遠くから声がする。誰かがそっと俺の髪に触れる。

「三木」

名前を呼んでいる。

(俺の名前)

俺はゆっくりと顔を上げた。

「……蝶野」

蝶野の黒くて静かな、夜と同じ色の目の中に、小さく俺が映っていた。

「大丈夫か」

「………響川さん、が」

どこかまだ霞《かすみ》がかかったようで現実感がないまま、俺はぼんやりと答えた。

「うん。赤星さんから携帯に電話もらった。それで急いで帰ってきたんだ」

「病院に行かなかったのか?」

「おまえの様子が変だって聞いたから」

蝶野は床に片膝をついていた。低い位置から、じっと俺の顔を見つめてくる。それから無言で俺の肩に手をかけて、ぐいと引き寄せた。

「何す……」

抱き込まれると、その体はずいぶん熱かった。きっとずっとマウンテンバイクを飛ばしてきたんだろう。少しだけ息が荒い。

（息の音が聞こえる）

「……救急車で運ばれていったのは、誰？」

夢の中で聞くような、穏やかで静かな声が俺に問う。どこか懐かしい響きのする声。

「………母さん」

子供みたいに、俺は答えた。

「お母さん」

「うん」

「ずっと二人で暮らしてた？」

「そう」

窓の外で木が鳴る。蝶野の息の音と自分の心臓の音とさらさら鳴る葉音が、耳の中でひとつに重なり合う。

「……バカみたいだろ」

蝶野は何も言わなかった。

「母さんが倒れて以来、救急車の音が怖くて……聞くと、なんだかわけがわからなくなる。

足の下の地面が削り取られていくみたいで――」

　少しずつ波にさらわれていく足裏の砂みたいな現実。

　いつもそうだ。いつか、いつかこうやってみんな俺を――……

「父さんも俺たちをおいていった。二度と帰ってこない」

「……」

「あんなのはもう嫌だ」

　蝶野はしばらく黙ったままだった。それから、低い声が静かに言った。

「ひとりにされるのが怖いから、最初からひとりでいるのか？」

「……っ」

　カッと腹の底が熱くなった。

「おまえに何がわかるんだよ…っ」

　体を離して衝動のままに殴りつけようとすると、さっと避けられ、手首をつかまれた。むちゃくちゃ腹が立つ。その手をやみくもに振りまわすと、蝶野はソファに膝をついて乱暴に俺を引き寄せて、背中に腕を回して力まかせに抱きしめた。

「な……っ、に、するんだ……ッ」

　息が跳ねる。心臓が止まりそうだ、と思う。たぶんきっと寿命が縮まる。

　抱きしめるっていうより、拘束、みたいな。

「はな、せよ……ッ、——離せ！」

　拳で胸を思いきり叩く。かなり痛いだろうと思う強さで殴りつけても、俺より上背があって力もありそうな体はびくともしなかった。

「……なんなんだよ」

　腹が立って腹が立って——どういう作用でか、涙が出た。

「なんなんだよ。おまえ、なんなんだよ。……お、おまえは最初から俺を怒らせて、嫌なことばかりして」

「……」

「どうしてこんなに俺を引っかきまわすんだよ。俺はただ普通に、平穏に暮らしたいだけなのに」

「……俺にだってわかんねえよ」

　どうしてだか、蝶野の方が苛立《いらだ》っているような声音だった。

「初めて会った時、おまえは人形みたいな、心がぽっかり抜け落ちたような顔をしていた。泣くのかと思った。泣いたら綺麗だろうなと思ったら、目が離せなくなった。気がついたらシャッターを切ってた」

「……」

「そしたら次の瞬間、いきなり人形に命が吹き込まれたみたいに、立ち上がって、怒鳴って、怒って、俺のフィルムめちゃくちゃにして……」

蝶野は息だけでちょっと笑った。耳のあたりに息が触れる。

「びっくりした」

思い出した。あの時、もう二度と立ち上がりたくない、立ち上がれないと思っていたのに、怒りのあまり気づいたら立ち上がっていた。

「人形みたいな顔より怒ってる顔の方がいいなあと思ったら、なんか嬉しくて笑えてきて」

「……」

この男の感覚はどうもどっか変なんじゃないかと俺は思った。

「ずっと気になってたんだ。あの公園にも何度か行ってみた。でもおまえはいなくて——そしたら8号室で寝てるだろ。運命だと思った」

「……アホか」

「なあ。三木」

世間話みたいな気楽な口調で、蝶野は続けた。

「ひとりが怖いのは、人間の本能だよ。あたりまえで、どうしようもないことだ。怖くなくなる方法なんてない」

「——」

胸の底がひやりとした。

（空恐ろしいことを平気で言いやがって）

「だけど生きてたら、そう簡単にひとりになんてなれないんだぜ？　おまえが今日ここにいたおかげで響川さんは発見が遅れずにすんだんだし、赤星さんと壬生沢はおまえを心配してるし、ヴィクターの店長はおまえを欲しがってるし、常連客はおまえのパスタを食わせろってうるさいし、俺は――……」

言葉を切る。俺の意思とは関係なしに、勝手に心臓がどくんと一回鳴った。

「なんでだかおまえにちょっかいかけたくて、しかたないわけ」

蝶野はどこか自嘲《じちよう》気味にくっくっと喉で笑った。

「……迷惑だ」

「迷惑でも、しょうがねえなあ。諦《あきら》めてくれよ」

「迷惑なんだよ、本当に」

蝶野の腕の中で、俺は拳で顔を覆った。

（……だから嫌なんだ）

こんなふうに誰かに揺らされる感情なんてまっぴらだ。ままならない、自分のものじゃないみたいな心なんて。

耳のすぐそばで蝶野の呼吸の音がする。息の音。体温。人ひとりの体の存在感と熱量って、とてつもないと思う。それは俺の中の静かな闇をかき立てて、かき混ぜて、俺をそこから引きずり出そうとする。

「泣くなよ…」

体を少し離して、蝶野がひたいの上の髪に触れた。

「泣いてねえよ」

俺は顔を上げた。目があった。

蝶野の目って、間近で見るとやっぱりちょっと怖い。黒目がちょっと見ないくらい深い黒で、硬質で。眼球ってとろりとやわらかいものでできてるはずなのに、蝶野のは硬そうだ。硬くて、黒い。石みたいに。

(吸い込まれそうになる)

漆黒、っていうんだろうか。底が見通せない黒さ。なのに、どこか透明感がある。

じっと見ていたら目が離せなくなった。すると蝶野が、口をひらいて何か言いかけた。

「……み」

その瞬間、ソファ脇の電話がいきなり鳴り出した。いや、電話はいつだっていきなり鳴るんだけど。

居間の電話はかろうじてプッシュホンだけど、最近の機械のソフトな呼び出し音にくらべると妙に大きくてかん高い音をたてる。あとで聞いた話によると、呼び出し音の音量調節が壊れてできなくなっているらしい。そのばかでかい音に俺も驚いたけど蝶野も驚いたらしく、がばっと飛びのくように俺から離れて、ローテーブルに思いっきり背中をぶつけた。

「い、いってえ」

「あ、電話、病院…」

憮然《ぶぜん》とした顔で蝶野が受話器を取る。

「はい。……ああ、俺」

さっと眉が厳しくひそめられた。俺はじっとその顔を見つめる。

「そう……入院。まあでも、命に関わる病気じゃなくてよかった」

その言葉を聞いて、俺はほっと息をついて背もたれにもたれかかった。

「三木？ うん、大丈夫だよ。……あそう。ちょっと待って」

受話器を耳から離すと、蝶野は俺を振り向いた。

「響川さんは胃潰瘍《いかいよう》と過労でしばらく入院だって。あの人、丈夫じゃないくせに無理するからな」

「そうか、胃潰瘍…」

「で、志田さんがおまえに替わってくれって」

「え、俺？」

差し出された受話器を受け取って「三木です」と言うと、落ち着いた志田さんの声が返ってきた。

『三木？　志田だけど……さっきは怒鳴るような声を出して、悪かった。ちょっと動揺して』

「え、いえ、そんなことないです。あの、俺の方こそ、のろのろしてですみません。電話、ちゃんとかけられなくて」

『いや。君があの時間にあそこにいてくれて助かった。そうじゃなかったら、蝶野が帰ってくるまで誰も気づかなかったかもしれない』

志田さんはそこで少し黙った。

『……俺が悪いんだ。あいつが具合悪そうなの気づいてたのに。かまうなって言われても、むりやり縛り上げてでも病院に連れていけばよかった』

声はひどく重くて、志田さんが自分を責めているのが受話器越しにも伝わってきた。

『でも、君がいてくれてよかった。響川を助けてくれてありがとう』

「いえ、俺そんな何も」

『俺が礼を言いたいだけなんだ。……本当にありがとう』

（よかった）

電話を切ったあと、なんだか胸がじんわりと痛くなって、おかしいかもしれないけど泣きそうになった。嫌な痛さじゃなかったけど。

でも蝶野がにやにやしながら見ているのに気づいて、ばつが悪くてそっぽを向く。

「なあ。出てくなんて嘘だろう」

シャツの胸ポケットから煙草を取り出して火をつけて、何気ない口調で蝶野が言った。

「よそでアパート借りて一人暮らしするより、ここの方がいいぜ。ほら、響川さんみたいに具合が悪い時は誰かが見つけてくれるし、金ない時は助け合えるしさ。天国のお袋さんもきっと安心するよ」

その蝶野のセリフに、少し考えて、俺は呟いた。

「……でない」

「え？」

振り返って俺は蝶野を怒鳴りつけた。

「母さんはまだ死んでない！　勝手に殺すな！」

「ええっ。だっておまえ…」

「入院してたけど、もう退院したんだよ。でも一時期はほんとに危なくて……手術の危険性とか説明されて、ど、同意書とか書かされて」

また震えそうになった唇を、ぎゅっと噛みしめた。

「母さんがいなくなったら、俺はほんとにひとりになるんだなって、あの時思った」

あぐらをかいて煙草をくゆらせながら、蝶野はじっと俺を見つめてくる。俺は膝の間に顔を埋めた。

「こ、子供みたいでバカみたいだろ。笑いたきゃ笑えよ」

「べつに笑わねえけど」

「……バイトから帰ったら、アパートの部屋が真っ暗でさ」

うつむいたまま、膝の間に向かって俺は話した。

「電気つけたら、玄関上がったところで母さんが倒れてて」

あの時のことを誰かに話すのは初めてだった。呑み込んで体の一部になってしまった石みたいに、もう吐き出すことはないだろうと思っていたのに、いったん話し出すとそれはするすると喉から流れ出る。

「そのあとのことはもう記憶ぐちゃぐちゃなんだけど、救急車の音聞くと、なんでだか細かいことをすごく鮮明に思い出すんだ。電気つけた時に最初に目に入った母さんの足裏とか、救急の電話で自分ちの住所訊かれて頭が真っ白になってわからなかったこととか、待合室の長椅子のビニールレザーのぺたぺたした感触とか、医者の眉間《みけん》の皺とか病棟の匂いとか……そういうのがいっぺんにわっと来て、なんかわけわかんなくなる」

「……」

煙を長く吐いて、蝶野はちょっと考え込むように間をおいた。

「でも、もう退院して家に帰ってきたんだな？」

俺は頷いた。

「じゃあなんで、家を出て一人暮らしを始めたんだ？」

「……再婚したから」

「お袋さんが？」

「そう。けっこう前からつきあってたみたいなんだけど、あんなことになったし、そばで支えたいってプロポーズされたらしくてさ。一緒に暮らそうって言われたけど、相手の人も気を遣うだろうし、いい機会だから俺は一人暮らししようって思って。入院費用、かなりかかったし、再婚相手に俺のことで負担かけたくないから、安いところに住んで生活費は自分で稼ごうって思ったんだ」

「……なるほど」

蝶野はひとつ頷いた。きつめの眉をひそめて真面目な顔を作っていたけど、そのあと、ぱっと笑った。

「まあでも、元気ならよかったよ。響川さんも、早くよくなるといいな」

「……うん」

「明日見舞いに行くか」

黙って頷く。本当に、早くよくなるといいと思った。志田さんのためにも。

『そう簡単にひとりになんてなれない』

ため息が出た。

（まったくだ）

世の中って本当に落とし穴だらけで、予想のつかないことばかりだ。母さんは死ぬかどうかの瀬戸際を越えたら、いきなり結婚するとか言い出すし。

「そういえば」

思い出したように蝶野が顔を上げた。

「おまえ、なんで写真撮られるの嫌なんだ？」

「……べつに。ただ嫌なだけだ。自分の顔、好きじゃないし」

「そう？」

「不機嫌そうってよく言われる」

「もっと笑えよ。まあ、俺は三木の怒ってる顔も好きだけどね」

俺はしかめ面を作った。

「……おまえ、いつもそういうセリフで女をたらし込んでるの？」

「なんだそりゃ。べつにたらし込んだりしてねえよ。ああでも、写真やってるって言うと、女の子ってたいがい『撮って』って言うんだよな。ゲイバーの人たちも。三木とは正反対だな」

「……絶対、おまえには撮られたくない」

「ひでえな。でもおまえがきなこと寝てるとこを撮ったやつ、すごく出来がいいんだよな。

今度の課題に提出したいんだけど」

「……おま」

口を開けたまま、俺はしばらく言葉が出なかった。

「破っただろ！」

「だってネガあるし。撮ったのも焼いたのも一枚だけじゃないし……ああでも、あれが一番光がいい感じに出たんだよなあ。もったいなかったな」

「今すぐネガを渡せ！」

「嫌だ」

真顔で蝶野は言った。

「蝶野！」

「今度見せるからさ。それでどうしても気に入らなかったら、ネガごと全部やるから。それでいいだろ？」

大きめの薄い唇を引っ張って、俺を見上げるようにしてどこか自信ありげに笑う。

（こういう自信のある奴が一番やっかいなんだ）

答えずに、俺はソファの上でそっぽを向いた。ちょうどそこに玄関の開く音がする。病院に行っていた人たちが帰ってきたらしい。

帰ってきたのは赤星さんと壬生沢くんで、二人はなぜかコンビニで買ったというわらび餅を手にしていた。入院に必要なものを揃えなきゃだの、お茶を淹れようだのきなことわらび餅を並べて写真を撮ろうだの、真夜中のパレス・シャングリラ五反田は一気に騒がしくなる。

（俺が倒れても、この人たちこうやって大騒ぎするのかな）

その様子を想像して、ちょっとうんざりして、それから俺はちょっと笑った。

響川さんが入院している間、コンビニのアルバイトをかわりにやることになった。お店の人たちはみんな響川さんのことをとても心配していて、俺にも親切にしてくれたけど、やっぱりそれなりに緊張疲れをしたらしい。バイト初日、帰ってきて部屋で転がっているうちに、俺はうたた寝してしまったみたいだった。はっと気づくと、腰のあたりにふわふわした感触があった。

（うっ、またか）

部屋のドアは閉めたはずだけど、どうやら庭の木を伝って窓から入ってきたらしい。

びっくりさせないように、ゆっくりと体を起こす。腰の右側に、茶色と白の混じった毛のかたまりがあった。

だけどそれだけじゃなかった。俺は目を瞬かせた。きなこと線対称になって、左側に黒いふわふわの毛のかたまりがぴったりとくっついている。きなことお揃いの赤い首輪をしていた。

「……あずき?」

初めて見た。きなこと同じ大きさのそのかたまりをそうっと撫でると、あずきはとろんとした目をちょっと上げて、またもそもそと丸くなってしまった。

(本当にいたのか)

驚くと同時に、じんわりと、なんだか妙に嬉しくなる。やっと俺に人見知りをしなくなったらしい。

(でもそれって、もしかしてこのアパートの住人だって認められたってことか?)

「……」

深く考えるのはよそう。俺は丸くなって寝ている、まさしくきなこ餅とあんころ餅な猫たちをしばらく眺めてから、そっと離れて夕飯を作るために部屋の外に出た。

ドアを閉めようとして、そこに何かがぶらさがっているのに気づく。

写真だ。クリアファイルに入れられていて、そのファイルがピンで木のドアにとめられている。

『傑作』と書かれた付箋《ふせん》がファイルに貼りつけてあった。

「……アホか」

腕を組んで、俺はそれを睨みつけた。

やわらかいオレンジ色をした、夕方の陽の光。その光を透かす、古いけど味のある木枠の窓。緑陰が畳の上に複雑な模様を描いている。その模様が風に吹かれて揺れる様が見えるような気がした。きなこの茶色い毛皮が夕陽を浴びて、太陽のフレアみたいに光っている。

自分で自分の寝顔を見ることってそうはない。きなこを膝にのせて眠っている俺は、驚くくらい穏やかな、気持ちのよさそうな顔をしていた。

無防備な。

(……だからああいう人種は嫌なんだ)

ため息をついて、俺はその写真をドアからはずした。

部屋に戻って、机の引き出しにそれを放り込む。それから俺は、かすかに軋む音をたてる、だけど案外しっかりした造りの階段を、ゆっくりと降りていった。

楽園建造計画《2》

大学祭なんて関係ないと思っていた。

「テレビが壊れたのよ」

そう言った赤星《あかぼし》さんの口調は、まるで「明日、月が地球に衝突するのよ」とでも言ってるみたいに重々しい迫力に満ちていて、内容と口調のアンバランスさに、俺は一瞬頭がからっぽになった。

「はあ」

と答えた声は、我ながら気合いが入っていなかったと思う。

十月に入っていた。九月の半ば過ぎから大学もぼちぼち後期の授業が始まって、長い夏休みの気だるさもようやく体から抜けた頃だ。

俺がこのアパート『パレス・シャングリラ五反田《ごたんだ》』に引っ越してから、そろそろ一ヶ月近くがたとうとしていた。大学にほど近い、風呂《ふろ》なしトイレ台所共同の激安レトロアパート。アトリエ付きなせいで、変人が多いと言われる芸術学部の学生が寄り集まっている。

それでも一ヶ月もたてば、赤の他人との雑多な共同生活もなんとか慣れ——るかと思ったら、そうでもなかった。

「あっ、ちょっと壬生沢《みぶさわ》ちゃんっ、あんた肉ばっか食べてんじゃないわよっ。少しは焼く方に回りなさいよっ」

「だって焼けたら食べないと、焦げちゃったらもったいないじゃないですかあ」

「響川《ひびきかわ》、おまえは肉をもっと食えよ。体力つけないとまた倒れるぞ」

「食べてるよ」

「なあ、あいてるところでお好み焼き作ろうぜ。キャベツあるし」

「あらいいわね」

「じゃあ俺、材料探してくる」

今日は四限までみっちり授業のある日だった。大学の講義は九十分あるから、四限が終わるともう夕方だ。それでもバイトが休みだから、帰ったらのんびりできるなと思っていた。で、とりあえず夕飯の買い物でもしていくかとスーパーマーケットに入ると、後ろから肩を叩《たた》かれた。

振り向くと、にっこり笑った赤星さんと壬生沢くんが、そこに立っていた。

「グッドタイミングだわあ」

「荷物持ちがひとり増えましたね」

そうして買い出しにつきあわされ、自分の部屋に落ち着くこともできず、庭に引っ張り出された。

ガーデンパーティ、なんだそうだ。なんでも赤星さんのお姉さんから、肉が送られてきたらしい。

「あたし、姉が三人いるのよ」

「はあ。それでその喋《しゃべ》り方なんですね」

「なに、なんか言った？」

「いえべつに」

「それでね、岩手《いわて》に嫁いだ一番上の姉が送ってくれたのよ。もうすぐ学祭だろうから精力つけなさいって。牛肉よ牛肉！　やっぱりここはシンプルに素材の味を生かしてバーベキューよねえ。せっかくだから響川ちゃんの退院祝いってことで」

パレス・シャングリラ五反田の庭はけっこう広くて、林のように木や草花が生い茂っている。その庭の真ん中のあいたスペースに、そこらに転がっていた石を組んで即席のかまどが作られていた。作ったのは志田《しだ》さんと蝶野《ちょうの》らしい。そしてその上に、巨大な鉄板がガンと無造作に載せられている。以前の住人が工芸学科の資材室から盗ん…持ち出してきて、代々アパートに伝えられている由緒正しい鉄板なんだそうだ。下ではキャンプ用の薪《まき》がパチパチと爆《は》ぜながら燃えている。それを男六人で囲んでいる様は、ガーデンパーティというよりも、どう見てもサバイバルな野営だと俺は思った。

「三木《みき》、これ適当に切っといて」

どこから持ってきたのか椅子《いす》がわりのビールケースから立ち上がった蝶野が、ボールみたいにぽんとキャベツを投げてよこす。俺はあわてて両手で受け取った。

（しかも俺は野菜切り係だし）

いつもは居間の窓の外に置かれている縁台が、今は調理台になっていた。そこにまな板を置いて、キャベツをざく切りにする。

（なんだかな）

こうやって、なんだかんだと俺はこの人たちに巻き込まれている。ずっと母親と二人暮らしだった俺にとって、こういう騒がしくて常に人に囲まれた生活は、なかなかなじめないものだった。

「あ、それでね三木ちゃん、テレビに話を戻すけど」

缶ビールを手にした赤星さんはすでに酔っぱらっているらしく、顔が赤い。鉄板の周りには、当然のごとく酒類がごろごろと転がっていた。

夜もすっかり深い時間だけど、満月近い月の光と居間から漏れる明かりで庭は明るい。アパートの玄関脇《わき》に植えられている金木犀《きんもくせい》から、甘い香りが漂っていた。外からの視線は生け垣と背の高い木々が遮っている。秋の涼しい夜風が吹くと、その木がさわさわと鳴る。すぐそこの繁みでは秋海棠《しゅうかいどう》がピンクのこうべをほろほろと揺らしていて、虫の声は第九並みの大合唱だ。なんだか、ここが東京だっていうのが嘘《うそ》みたいだ。

「昨日、バチッって音がしたかと思ったらなんにも映らなくなっちゃってね。機械に詳しい友達に見てもらったんだけど、どうやら寿命らしいのよ。あれもそうとう古いから。部品もおそらくもうないだろうって」

「そうですか」

アパートには共同の居間があって、そこにはテレビが置かれている。ソファや電話もあってごちゃごちゃといろんなものが飾られていて、本当に普通の家庭の居間のような雰囲気の部屋だ。住人たちは暇な時間によくそこでだべったりテレビを見たりしている。ちなみにアパート内の誰《だれ》も、自分の部屋にテレビを持っていないらしい。俺も持ってないけど。

「そうですかじゃないのよ。テレビがなくなったら困るじゃないの」

「えー……」

まああればあった方がいいんだろうけど、俺はもともとそんなにテレビを見る方じゃないので、すごく困るわけでもない。曖昧《あいまい》な顔をしていると、赤星さんは俺の方にぐっと身を乗り出してきた。

「困るのよ！　あたし、スポーツ観戦が趣味なんだもの！」

「へえ。スポーツが好きなんですか。人は見かけによらないですね」

「自分じゃやらないわよ。疲れるんだもの。でも見るのが好きなのよ。テニス選手の引き締まったお尻《しり》とか、サッカー選手のウエストくらいありそうな腿《もも》とか、水泳選手の見事な逆三角形の体とか割れた腹筋とか、スケート選手のボディラインにぴったり沿ったウエアとか、たまらないわ」

頰《ほお》に手をあてて、赤星さんはうっとりと夢見る瞳《ひとみ》で言った。

「……」

そういうの、スポーツ観戦っていうんだろうか。なんか見るものが違う気がするけど。

「僕もテレビ欲しいなあ。部屋のパソコンでテレビは見れますけど、画面が小さいし」

アルミホイルに包んで焼いたかぼちゃにバターとはちみつを垂らして頰張って、壬生沢くんが言った。丸い眼鏡《めがね》が蒸気で曇って、あわてて長袖《ながそで》Tシャツの袖で拭《ふ》いている。

「まあ、あった方がいいよな。でかい事件や事故の時とかニュース見たいし、俺、深夜映画好きだし」

大きな手でおにぎりを握りながら、志田さんが言う。焼きおにぎりを作るらしい。この人は本当に見かけによらずマメだ。

「響川ちゃんもあった方がいいわよねえ？」

にっこりと赤星さんに訊《き》かれて、響川さんは首を傾《かし》げた。その膝《ひざ》の上では、アパートで飼われている二匹の猫のうちの一匹、黒猫のあずきがしあわせそうに丸くなっている。

「俺はどっちでもいいけど…」

響川さんは胃潰瘍《いかいよう》で入院して、ついこの間退院したばかりだ。あいかわらずひっそりと静かで、もともと細身な人なのにさらに痩《や》せた気がする。そのせいか、隣に座った志田さんがやたらといろいろ食べさせようとしていた。

「俺も志田さんと一緒であった方がいいかなとは思うけど、でも金はないぜ」

居間の窓から、蝶野が食材を抱えて戻ってきた。それを縁台にどさりと置いて、自分の椅子にしていたビールケースを、縁台を挟んだ俺の横に置く。

「たくあん？　そんなもの入れるのか？」

「いや、これがあんがいうまいんだって」

他《ほか》にも、つまみ用に買ってあったさきいかとかげそとかポテトチップスとか、キムチにチーズに明太子にツナやコーンの缶詰といろいろだ。バーベキューの残りの野菜も適当に刻んで、人数分の器に卵と小麦粉を溶いて入れる。茶猫のきなこが、縁台に両手をかけてにゃあと鳴いた。

「みんな勝手に好きなの入れろよ」

「じゃあ、あたしはキムチとツナとチーズ」

「僕、ポテチと明太子いきます。マヨネーズつけようっと」

「マヨネーズなんて邪道よっ。お好み焼きはソースと青のりとかつおぶしで充分よ」

「えー、おいしいじゃないですかあ」

「三木は？　早くしないとなくなるぜ」

「えっ？　えーとじゃあ、さきいか」

こういう早い者勝ち的なサバイバルな食事にも、俺はなかなか慣れない。反対に向かいに座った蝶野はいかにも得意そうだ。

「猫にいか食べさせると腰抜かすってほんとかな」

「腰抜かすのはあわびじゃなかった？」

「えびのしっぽだと思うんですけどー」

「にゃっ」

「わかったわかった。味の濃いのはやっちゃだめなんだよな……。ツナ食うか？」

蝶野の笑った顔にも、俺はまだ慣れない。

作ったたねの中に適当に具を入れて、鉄板のあいたところで焼き始めた。じゅうじゅうと食欲をそそる音が、都心より星の多い夜空に昇っていく。外で焼くお好み焼きなんて、俺は初めてだ。

「というわけでね、多数決でテレビを新規購入しようと思うんだけど」

顔を上げると、赤星さんがにっこり笑った。

「多数決だったんですか。でも俺、金ないですから」

「みんなないわよ。あたしたち作品制作にもお金かかるしね」

まあ、このボロアパートに巣食っているところからして、住人たちの経済状態なんて知れたものだと俺は思った。

「じゃあどうするんですか」

「それであたし考えたんだけど」

フライ返しを使ってお好み焼きの焼き具合を見ながら、わざとのように少し間をおいて、赤星さんは言った。

「大学祭でみんなでお店をやって、その売り上げでテレビを買うっていうのはどうかしら？」

「え……」

俺はまぬけに口を開けて赤星さんを見返した。

「積み立てっていうのも考えたんだけど、時間がかかっちゃうし、せっかく学祭があるんだもの。うちの学祭は一般客も多くて盛況だしね。がんばれば、テレビが買えるくらい稼ぐのも不可能じゃないと思うわ」

「でも赤星さん、みんなそれぞれの出品物の制作で忙しいですよね？　僕らも一年生で映画を一本作ることになってるし。今、撮影と編集が同時進行で死にそうっすよー」

そう言ったのは、映画学科の壬生沢くんだ。

うちの大学の学祭は、十一月の初めに三日間開催される。桜陵《おうりよう》大という大学名から一字取って、秋なのに桜花《おうか》祭と名づけられていた。法学部の響川さんを除いて、芸術学部の住人たちは今は学祭に向けてかなり忙しい時期らしい。アパートの一階のアトリエも、遅くまで明かりがついている部屋が多かった。

「そうよね。あたしも大学生活最後の学祭だし、気合い入れてるのよ。今年は学内コンテストの審査員にデザイナーの葛城《かつらぎ》ハジメが来るしね」

デザイン学科で服飾デザインを専攻している赤星さんは、学祭で行われるコンテストに出品するんだそうだ。ファッションショー形式で、学生が自分たちでモデルもやるらしい。

「赤星さんって……」

「なあに」

思わず言いかけて、俺は目をそらした。

「いえ。やっぱいいです」

「言っておくけど、あたしが着るのはメンズよ。レディスのデザインもやるけど、女の子とお互いにモデルし合うのよ」

「あ、そうですか」

なんとなくほっとした。

美術学科の志田さんと写真学科の蝶野も作品展示があるそうだし、芸術学部生は学祭の作品の評価も成績に加えられるそうだから、この時期は本当に忙しいんだろう。

でも俺は経済学部だし、部にもサークルにも入ってないから、学祭ってほとんど関係がない。去年だって講義が休みになるからバイトに精を出していて、学祭なんて覗《のぞ》きもしなかった。周りの連中もほとんどそんな感じで、芸術学部以外の学部では、俺みたいな学生は多いと思う。

「店ってたとえば？」

手で覆った煙草《たばこ》に火をつけながら、蝶野が訊いた。風があるのでつけにくそうに目を細めている。

「そう、だからね、みんな忙しいから事前の準備にあんまり時間はかけられないでしょ？その場で作って売れるものがいいと思って」

「その場で作って売れるというと……」

俺はなんだか嫌な予感がしてきた。赤星さんは、ここぞとばかりに笑みを大きくする。

「やっぱり食べ物系でしょう。で、どうかしら、みんなでカフェをやるっていうのは」

「カフェ？」

赤星さん以外の五人の声が重なった。

「今、カフェブームでしょう。おしゃれな器におしゃれな料理を盛りつければ、けっこういけると思うのよ。あたし、ギャルソン服をデザインするわ。そのくらいならがんばれば用意できるし。器は工芸学科で陶芸やってる友達がいるから、借りられると思う」

「……そのおしゃれな料理って、誰が作るんですか」

とうとうとまくしたてる赤星さんを遮って、俺は訊いた。

「三木ちゃんに決まってるじゃないの。うちで一番料理が上手いし」

やっぱり。

予想していたとはいえ最悪な展開に、俺はしばし言葉をなくした。

「三木ちゃん、サークル入ってないから学祭は参加しないって言ってたでしょ？　暇よね」

「いやあのでも」

「あ、心配しなくても学祭で出番がない時は手伝うから。志田ちゃんと蝶野ちゃんは制作が終われば時間あるわよね？　あんたたちギャルソン服似合うと思うわ。素敵なのデザインするから。あ、響川ちゃんも体に無理がない程度に参加してね。男ばっかりのカフェっていうのも女の子に受けると思うのよ！」

赤星さんは拳《こぶし》を作って力説している。暑苦しいんじゃないかと俺は思うんだけど。

（えーと）

呆《ほう》けている場合じゃない。俺は必死で反論の言葉を探した。どうしてここまで振りまわされなきゃいけないんだ。

「でも俺、べつにテレビいりませんから」

「だから多数決って言ったでしょ。あれば三木ちゃんだって見るかもしれないでしょ？」

「え……で、でも、俺の料理なんて金取って出せるものじゃないし」

「プロ級の料理出せとは言わないわよ。学祭なんだから」

生

「でも俺、おしゃれなカフェなんて行ったこともありません」

「あんなのは見た目と雰囲気でごまかせばいいのよ」

「でも」

えーと。頭と舌がからからと空回りする。

「俺はべつにいいよ」

一番最初にそう言ったのは、蝶野だった。横を向いて、煙草の煙をゆっくりと長く吐き出す。

「学祭の準備はそんなに時間かからないし」

「あらそうなの？」

「俺、今年はスタジオ使わないから。今まで撮りためたやつの中から何点か選んでパネル作るだけだし、この時期アートセンター混むから、早めに予約取ったんだ」

「写真学科は展示の他に何やるんだ？」

「お客さんをスタジオで撮るっていうのと、ポストカード作って売るのと、あとはたこ焼き屋。スタジオ撮影は三年生の担当で、たこ焼き屋は一年がやるから。俺はポストカード売りの係があるけど、そんなに長い時間じゃないし」

「じゃあ蝶野ちゃんは飲み物担当ね。バーテンダーなんだからうってつけよね」

「えっ、ちょっとあの、待ってください」

「僕も上映会の係じゃない時は参加しまーす」

と壬生沢くん。俺のあげた声は軽く無視された。

「俺もいいよ。うちも一、二年生が屋台出すけど俺は関係ないし、展示の係の時以外はあいてるし。家の商売柄ウェイターは慣れてるしな」

「えっ」

志田さんまでもがそう言う。商売柄ってなんですかと問う間もなく、話は俺をおいて超特急で進んでいく。

「みんながやるなら……入院の時に世話になったから、バイトがない時は俺も手伝うよ」

「ええっ」

(最後の頼みの綱だったのに)

こういうことの嫌いそうな響川さんまでもが控えめに賛成してしまって、俺は八方塞《ふさ》がりってこのことかと絶句した。

「じゃあ決まりね」

「ちょ、ちょっと待って」

「三木、焦げてるぞ」

「えっ」

蝶野の声に下を向くと、鉄板の上で俺のお好み焼きが煙を上げていた。あわてて皿に取ったけど、すでに無残にも真っ黒だった。

片面が焦げたさきいかとたくあんとコーンのお好み焼きは、それでも妙にうまかった。腹が立つけど。


「学祭で酒売っていいのか？」

「屋台で缶ビール冷やして売ってたりするぜ。こっちのカフェテリアは夕方になると酒出し始めるし」

カクテルの材料と氷をシェーカーに入れながら、蝶野が言った。それを両手で持って、慣れた仕草でシャカシャカと振る。カクテルグラスに注がれた液体は、透き通った綺麗《きれい》なオリーブグリーンだった。

蝶野はバーテンダーのアルバイトをしている。アパートから二駅の繁華街にある、ヴィクターという名のバーだ。そしてその店で、なぜか俺もバイトをしている。

そもそもは、なりゆきで一日店を手伝っただけだった。そのあと、人手が足りないからと誘われた。でも俺はこの店で働く気なんてなかったんだ。だって蝶野が苦手だから。

俺は蝶野が苦手だ。傍若無人な態度も、いいかげんそうなところも、黒い硬質な眼《め》も。そのくせ気がつくとするりと懐に入っているようなところがあって、なんだか妙に癪《しゃく》にさわる。

「ねえねえ学祭ってもしかして桜大《おうだい》？　あたしたち英文なんだけどー」

カウンターに座っていた二人組の女の子たちが身を乗り出してきた。ここは大学にも近いし、そんなに敷居の高い店じゃないから、うちの大学の学生もけっこう来るみたいだ。

「あ、そう。俺らカフェやるんでよろしく」

蝶野がにこりと笑うと、女の子たちは「行く行くー」と高い声で沸いた。

（こういうところも苦手だ）

普段は髪もばさばさで身なりにかまってないふうなのに、バーテンダーのバイトをしている時の蝶野は、別人みたいにすっきりとしている。白シャツに黒ズボンってだけのシンプルな服装も、いやに大人びて似合っていた。

要領よさそう、と思う。女なんて上手くあしらえそうだ。

「三木くーん、ピザトーストって作れるかな？　お願いしていい？」

「あっ、はい」

店長の声に、俺はそっちを振り返った。

ヴィクターの店長は、三十後半の男の人だ。ちょっと小太りで人のよさが丸出しな顔をしていて、いつもにこにこと笑っている。ずっと年下の俺が言うのもなんだけど、なんだかぬいぐるみとか、毛がふかふかの大きな動物とかを連想させる人だ。

「いやー、助かっちゃうなあ。三木くんがうちに来てくれてほんとに嬉《うれ》しいよ。もうこの店にとっては、三木くんと蝶野くんは神さまだよねえ」

「……」

顔全体で笑う店長に、俺はとりあえず微妙な笑いを返した。

働くつもりのなかった店で俺がバイトをしてるのは、おおむねこの人のせいだ。蝶野に引きずられて一度店を手伝った時、店長は風邪《かぜ》でいなかった。その後は足を向けなかったんだけど、店で貸し切りのパーティがあって人手が足りないから一日だけ、とおがむように蝶野に言われて、臨時のバイトをすることになった。貧乏学生だからやっぱり金は欲しかったし、一日だけならまあいいかと思って。

しかしそこでこの人につかまってしまった。

食事をする暇もないほど忙しかったパーティが終わって、後片づけをすませたあと、余り物を並べて三人でテーブルを囲んだ。おごりだから好きなだけ飲んでいいよと言われた酒は、ほとんど店長自身が飲んでいたんじゃないかと思う。

「リストラで会社クビになってから、ほんといいことなくてさあ～、女房は娘連れて実家帰っちゃうし、家のローンはあるし…。でもこの店が軌道に乗ったら、きっと帰ってきてくれると思うんだ。娘はまだ三歳なんだよ。会いたいなあ…。父親の僕が言うのもなんだけどかわいい子で……あ、写真見る？」

店長は泣き上戸だった。

「俺もあれでほだされたクチ。最初は客で来てたんだけどさ」

店長がトイレに立っている間に、蝶野はそう言って笑った。

「店長の人柄いいから常連客は多いんだけど、メシがいまいちでさ。俺も酒作んのは好きだけど、料理は自信ないし。三木がバイトに入ってやったら喜ぶんだけどなあ」

「……」

あとから考えたらこの臨時のバイト自体、蝶野の策略だったんじゃないかと思わなくもないけど、まあそれはうがちすぎかもしれない。それに店長は気前がいいから、バイトとしては悪くないし。

そんなわけで、俺はわりと頻繁にこの店にバイトに入っている。蝶野も同じだ。

店長との会話で漏れ聞いたんだけど、蝶野は現在家出同然の身で、実家からの仕送りはほとんど望めないらしい。俺自身は親の再婚で一人暮らしを始めたクチで、最初は義父に負担をかけるのが嫌で仕送りは断っていたんだけど、最近母に説得されて仕送りを受けるようになった。それでも最低限でいいと断ったから、貧乏には違いないんだけど。

「おかわり欲しいなー。なんにしよ。おすすめってありますかあ?」

すっかり酔ってるらしいうちの大学の女子学生のひとりが、カウンターにしなだれかかるようにして蝶野に言った。蝶野は紳士的ににこりと微笑《ほほえ》む。

「じゃあ、こないだ旅行先で覚えたシンデレラってどうですか。甘めだし、名前からして女の子におすすめ。まだメニューに載せてないんだけど、特別に」

「わあ、じゃそれお願いしますー」

「あ、いいなあ。あたしもー」

女の子たちはきゃあきゃあと盛り上がっている。それを横目で見ていると、店長がにこにこして言った。

「蝶野くんが来てくれるようになってから、女性客がすごく増えたんだよねえ。ありがたいよ」

「……」

普段の髪ばさばさでいいかげんな格好をぜひ見せたい、と俺は熱望した。

カウンターから離れて、たまった洗い物を片づけ始める。店はそこそこ混んでいて、けっこう忙しかった。

皿洗いって、俺は好きだ。汚れていた食器がどんどんきれいになってぴかぴかと光をはじくのを見ると、気持ちまですっきりする。

やり始めると熱中してしまい、俺は黙々と皿やグラスを洗い続けた。こういう単純作業って、集中すればするほど、頭の中にとりとめのない考えが浮かんでは流れていく。

蝶野って、よくわからないと思う。どうでもいいことは喋るくせに自分のことはあまり話さないし、いつもは長めの前髪に隠れた黒い目は、よく見ると静かでちょっと怖くて、何を考えているのかいまいちつかめない。

(でも、あいつの前で泣いたんだよな)

あれは一生の不覚だった。思い出すだけで体がかっと熱くなる。

「三木?」

急に耳元近くで声がして、一心不乱に鍋《なべ》を洗っていた俺は飛び上がるように振り向いた。

すぐ後ろに蝶野が立っていた。

「な…、なんでこんなに近寄るんだよ」

手を泡だらけにしたまま後ずさる俺に、蝶野はしれっと言った。

「呼んでも気づかねえから。それでさ、ここに入荷してる酒、店長が卸価格で少し分けてくれるっていうから、簡単なカクテル何種類か出そうかと思ってさ。だから三木もつまみになるメニュー考えておいてくれよ」

「あ……ああ」

「コーヒーと紅茶は、あや乃《の》ママのツテで業務用機械のレンタル品を安く借りられるってさ」

「あや乃ママって?」

「おまえが連れ込まれそうになったゲイバーのママ」

うっ。嫌なことを思い出させやがって。俺はすばやく話題を変えた。

「食材はどうするんだ？」

「それは志田さんちのルートから、こっちも卸価格で分けてもらえるだろうって」

「志田さんち？　って？」

「ああ、志田さんの家はレストランのチェーン店をやってるんだよ。わりとあちこちにあるから、名前くらい知ってるだろ」

と言って蝶野があげた名前は、たしかに関東圏にいくつも店舗がある、よく知られたレストランチェーンのものだった。

「えっ……、じゃあ、志田さんって金持ちなんじゃないの？」

驚く俺に、蝶野はあっさりと言った。

「家はそうだろうな」

「じゃあなんであんなボロアパートに住んでるんだ？」

「さあ。詳しくは知らねえけど。なんか親に反対されてるらしいから、家では描きづらいんじゃないの？」

「へえ……」

そういえば、無理にバイトばかりしたあげく倒れた響川さんが、どうしてそんなことをしているのかも俺は知らない。詮索《せんさく》する気はないけど。

パレス・シャングリラ五反田って、なんだか変わったアパートだ。好きなことをやってる連中が集まってて、ひとりひとりはばらばらなことをしているんだけど、どこかで妙な連帯感がある。住人同士も深くは立ち入ってないみたいだけど、たとえば響川さんが倒れた時や、テレビを買うっていう今回みたいに。

でも、それってたぶん期間限定だ。あのアパートにいる間だけ。

クロスロード、っていう単語が、なんとなく頭に浮かんだ。角度の違う線がほんの一時だけ交わって、また離れていく。出発点も到着点もまるで別で。

（ま、俺はあんまり巻き込まれたくはないけど）

芸術学部生ばかりのあのアパートでは、俺の方が異質なんだろう。大学祭に参加してさらにカフェまでやろうという元気な住人たちに内心で呆《あき》れながら、俺はまた食器洗いに戻った。

「クレープっていうのはもっと薄いんじゃないかしら」

「こういうのはパンケーキっていうんじゃないのか？」

「うるさいなあ。文句言うなら自分でやってくださいよ！」

フライパンを手に、振り返って俺は言い返した。

パレス・シャングリラ五反田の台所。キッチンじゃなくて、まさに台所って感じだ。昔はどこかの会社の社員寮だったとかでけっこう広くて、冷蔵庫はふたつ、コンロは四つ、備えつけの旧式の大きなガスオーブンもある。そこで、俺と赤星さんと蝶野と壬生沢くんで、カフェメニューの試作をやっていた。試作っていうか、俺の練習作の批評大会っていうか。

「俺、こういうデザートとかお菓子系って苦手なんですよ。そんな余裕ない生活だったから。冷蔵庫の掃除を兼ねて一品とか、夕飯の残り物を翌日の弁当にアレンジ、とかなら得意なんですけど」

「そんな『すてきな奥さん』みたいなこと言われてもねえ」

赤星さんはふうとため息をついた。

「いいじゃん。クレープはやめてパンケーキでいこうぜ。これ、味はいいよ」

皿の上のものをひとくちつまみ食いして、蝶野が言った。尻尾《しっぽ》をぴんと立てたきなこが寄ってきて、蝶野の膝に飛び乗る。身を乗り出して皿の匂《にお》いを嗅《か》ごうとしていた。テーブルには乗らないようにしつけられているらしい。蝶野が小さくちぎって差し出すと、さっそくぱくっと食いついた。満足そうに舌を出す。

「にゃー」

「ほら、きなこもうまいってさ」

でもきなこって食いしん坊で、わりとなんでも食べるんだよな。

「そうね。パンケーキって言って出せばいいのよね。もうちょっと小さく焼いて。もっと厚かったら、ホットケーキって言えばいいんだし」

「ソースで変化つければバリエーションきくんじゃないですか？　僕、図書館でお菓子の本とかいっぱい借りてきたんですよ。ほら、イチゴソースとかバナナチョコとか」

「あたしはバナナチョコがいいわあ」

「オーソドックスにバターにメープルシロップも捨てがたいですよね！」

赤星さんと壬生沢くんはお菓子の本をひらいて盛り上がっている。作る方の身にもなってくれ。

「クッキーとか簡単なパウンドケーキとかなら、事前に作っておけば当日の三木の負担が減るんじゃないか？」

本をぱらぱらめくりながら蝶野が言う。本当にそんなものを俺が作るのかと思うと、くらくらした。

「そうよね。ここオーブンあるし、それは時間作ってみんなでやりましょう。あとはサンドイッチとか……使えるコンロはふたつしかないから、火を使うものはできるだけ少なくした方がいいわね。あ、カセットコンロを用意すればいいかしら……」

「そういえば、場所って取れるんですか？　もう三週間ないですけど」

俺が言うと、赤星さんは自信満々で頷《うなず》いた。

「まかせて。あたし実行委員会に友達いるから、むりやりねじ込んできたわ。デザイン棟の一階の教室とその隣の準備室を確保したの。染色に使う洗い場があるし、給湯設備もあるからね。お客さんの流れ的にも悪くない場所よ。天気がよかったら、外にテーブル出してオープンカフェにするのもいいと思うの。一階だから、窓からお料理の受け渡しできるしね」

なんだか着々と進んでいく感じだ。赤星さんはさらにギャルソン服のデザイン案まで出してきた。細い蝶タイにベスト、脛《すね》の中ほどまである長い黒いエプロン。格好だけは本格的なカフェって感じだ。

「長いエプロンだな……。これ、動きにくくねえの？」

「大丈夫よ。足さばきは考えてるから。みんな、あとで寸法取らせてね。あ、白シャツと黒ズボンはあればそれを着て欲しいんだけど。ほんとは襟や身頃のデザインに凝ってドレスシャツを作りたいんだけど、予算がねえ」

「俺はヴィクターのバーテンの服でいいや」

「そうね。タイは何色がいいかしら……」

高校の文化祭でも、喫茶店をやったことがあった。でもクッキーを焼いたり飲み物を作ったりしたのは女子生徒だったし、俺は割り当てられた時間だけ適当にウエイターをこなしただけだった。盛り上がっていたのはクラスの活発な人間が集まった中心グループで、俺はそこに属していなかった。金を稼ぐ目的があったわけでもないし、その頃バイトでウエイターをやっていたこともあって、正直うんざりしていた。時給をもらってやるならともかく、時間の無駄だとすら思った。

（それをまたやるわけか）

こっそりとため息をこぼした。その俺にかまわず、周りはなんだか盛り上がっている。

「ねえねえ、スプラッタなカフェにしましょうよー。こう、ウエイターの頭に鉈《なた》が刺さってて全身血まみれとか、首が半分切れてて骨や肉が露出してるとかー。そういう特殊メイク、うちの学科の資料室にいっぱいあるんですけど」

「嫌よそんなのっ」

「いや、けっこう受けるかもしれないぜ。料理もこう、オムレツにフォーク刺すと中から目玉そっくりのゼリーがどろっと出てくるとか」

「『ヒッチャー』みたいですね！」

「やめてえ。あたしはおしゃれなカフェをやりたいのよ！」

そこに玄関の開く音と足音がして、台所の入り口から志田さんが顔を出した。

「お。揃《そろ》ってんのか。グラスとカトラリーとトレイ、借りてきたぜ。器も足りなかったら貸してくれるって」

志田さんは、家が経営している店のうちのひとつから食器を借りてきてくれたらしかった。高校時代からずっとそこでバイトをしているそうだ。

「なに、試作？」

テーブルの上を覗き込んで、残っていたクレープのようなパンケーキのようなものをひょいと口に入れる。

「へえ。うまいな。焼き色もいいし。三木はほんとにこういうの上手なんだな。俺、うちの商売ずっと見てるけどさ、うまい料理で人を喜ばせられるのって才能だよな」

「……べつに、慣れてるだけですから」

志田さんっていい人だと思うんだけど、直球の誉《ほ》め言葉ってどうにも苦手だ。つい愛想のない返事を返してしまい、そのことに軽く自己嫌悪に陥る。顔をそらすと、蝶野と目があった。頬杖《ほおづえ》をついてじっと俺を見ている。

(見んなよ)

睨《にら》むと、なんでか蝶野はふっと笑った。

「そういやさ、今日学校で聞いたんだけど」

やかんを火にかけて戸棚からインスタントコーヒーの瓶を取り出しながら、志田さんが言った。

「写真学科、なんか大物ゲストが来るんだって？」

「ああ」

頬杖をはずして、蝶野は椅子の背もたれにもたれかかった。行儀悪く片脚を椅子に上げる。膝の上のきなこはぴょんと飛び降りて、居間のソファで昼寝をしているあずきのところに行ってぱたりと横になった。なんでかまったく同じポーズになっている。

「なんかそうらしいね。俺は実行委員会と関係ないから、よく知らないけど」

「あ、あたしも聞いたわあ。あれでしょ、『奇跡の生還』」

椅子に座ってクレープのようなパンケーキのようなものをとりあえず自分でも食べてみていた俺は、その水気のない生地が喉《のど》に詰まって、げほげほと咳《せ》き込んだ。

「大丈夫ですか？」

壬生沢くんがコップについでくれた牛乳を飲んで、ひとまず治まる。パンケーキって、やっぱりシロップなりソースなりがあってさらに飲み物がないと、苦しい食べ物だなと思った。

「奇跡の生還っていうと……」

「あ、知ってる？　テレビなんかでもけっこう騒がれてたものね」

あさっての方向を見ながら呟《つぶや》いた俺に、赤星さんが頷く。なんですかーそれ、と壬生沢くんが口を挟んだ。

「だいぶ前に話題になったのよ。死んだと思われてた写真家が、実は生きてたって」

「ジャングルの奥地で消息を絶って、捜索隊が崖《がけ》の上で荷物だけ見つけたんだよな。それで崖から川に転落したんだろうって。ワニだの人食い魚だのがいる川だから、落ちたらまず死体は発見されないらしいし」

志田さんは学祭の準備ですぐにまた大学に戻るんだそうだ。腹減ってるんでこれ食っていい？と言ってコーヒーと一緒にクレープのようなパンケーキのようなものを片づけながら、壬生沢くんに向かって淡々と説明した。その隣の蝶野は、シャツの胸ポケットから煙草を取り出して火をつけている。けっこうヘビースモーカーらしい。

「それが川に落ちたんじゃなくて、原住民に拉致《らち》されてたんだそうよ。でもそのあと、その人たちとなかよくなっちゃって、しばらくそこで暮らしてたんですって。その間、外の世界じゃすっかり死んだことにされてたってわけ」

「へえ。なんていう人ですか？」

「なんていったかしら。ええと、そっちの方じゃ知られた人らしいんだけど……」

「秋葉広洋《あきばこうよう》」

ふーっと煙を吐き出して、蝶野が言った。

「あ、そうそう。有名な人なのよね？」

「ほとんど海外で活動してるみたいだけどな。一時期、国連の写真家だったらしいし。向こうでいくつか賞取ったり、写真集出したりしてる。俺はあんまり他人の撮るもの見ないから、作品はよく知らないけど」

「へえ。国連」

「マスコミ嫌いでも有名なのよね。生きて帰ってきた時にずいぶん騒がれてたけど、本人は直接マスコミに姿見せなかったし。それが、なんでかうちの学祭で講演と特別個展やるんだそうよ」

「うちの大学の卒業生なんですか？」

「いや、違うって講師が言ってたぜ」

「誰かが口説《くど》き落としたのかしら。でもちょっとおもしろそうよね。あたし、講演会聞きにいこうっと」

「あの」

話に区切りがついたところで、俺は口を出した。

「カフェって、三日間毎日やるんですか？」

「そりゃそうよ。そうしないと稼げないじゃない」

「そうですか……」

肩を落とす。まったく、なんだってよりにもよってこんなはめになったんだろう。

「そうだ、お店の名前を決めないとね。やっぱり『カフェ五反田』かしら……」

「意味不明で似合いでいいんじゃないですか」

言いながら、俺は汚れたボウルや泡立て器を持って立ち上がった。

「なに拗《す》ねてるのよ、三木ちゃんったら。大丈夫、クレープだかパンケーキだかわかんないけど、おいしいわよ」

「それはどうも」

使ったものを流しに放り込む。やってられねえやと思いながら、俺はガシャガシャと音をたててそれを洗った。

パレス・シャングリラ五反田の一階の個室六部屋は、アトリエとして使われている。住人でアトリエを使っているのは芸術学部の四人で、あとの二部屋はアパートには住んでいない、同じく芸術学部の学生がアトリエだけ借りていた。一部屋は演劇学科内で劇団を作っている人たちが倉庫を兼ねた小物や衣装制作の部屋として使っていて、もう一部屋は美術学科の日本画専攻の人が借りている。日本画の人は四年生で、ひょろりと背の高い真面目《まじめ》そうな男の人だった。たまにアパートの入り口で顔をあわせるけど、今は学祭の時期だけあって、その人たちも忙しそうだ。

写真学科の蝶野の部屋は一番奥で、暗室として使っているらしい。俺はその部屋の前に立って、何度かドアをノックした。返事はない。

ギャルソン服の仮縫いができたからと、居間で試着をしていたところだった。他の人の試着の具合を見ていた赤星さんに、蝶野を呼んできてと頼まれた。大学から帰ってきてからずっと、アトリエにこもっているらしい。

「あの部屋は暗室用に改装してあって中に間仕切りがあるから、開けちゃっても大丈夫よ。

奥にいるとノックは聞こえにくいみたいだし」

赤星さんの言葉を思い出して、俺は鍵《かぎ》のかかっていないドアノブを回した。

「蝶野、入るぞ……」

ドアを開けて部屋の中に一歩入って、そこで俺は息を呑《の》んで立ち尽くした。

（なんだこれ）

方向感覚がおかしくなる気がした。自分がどこに立っているのかも、一瞬わからなくなる。夥《おびただ》しい色と景色が、そこにあった。風景も人もモノもいっしょくたで、モザイクみたいになっていて。

部屋が板壁で仕切られていて、そこにドアが作ってある。そのこちら側には、何も置かれていなかった。そのかわり、壁も間仕切りも天井も、全部写真で覆われている。それも額に入れて綺麗に飾ってあるんじゃなくて、ただべたべたと、手当たりしだいに重ね合いながら貼《は》りつけてあった。モノクロもカラーもある。大きさもまちまちだ。床にもばらばらと散らばっている。

「……な」

俺は呆然《ぼうぜん》とその光景を見回した。

なんかもう、飾るとか鑑賞するとかいうよりも、何かの強迫観念みたいな。

（テーマとかないのか？）

写っているのは、まるで雑多なとりとめのない景色だった。雨に濡《ぬ》れる花。置き去りにされた片方の靴。どこかの外国の街。遠い人影。割れたガラス窓。白い綺麗な手。アスファルトの上の撃ち落されたような鳥の死骸《しがい》。空の色。海の色。スクラップ工場に積み上げられた廃車の山。散る桜。どこかの屋上からの風景。誰かの横顔。笑い顔。泣き顔——

膨大な数の、世界の切れ端。

綺麗なものも汚いものもぐちゃぐちゃに混じっていて、アートというには主義主張や意思が見えなさすぎて。

それでいてどこか偏執的で、技術はかなり高いのに、たぶん撮る側の視線が乾いているせいで意味が剝《は》がれ落ちて、全部が均質化してて。

(眩暈《めまい》がしそうだ)

前に一枚だけ見た時には、こんなふうには感じなかった。でも、この圧倒的な数の奔流と、それがこんなふうに無秩序にただ並べられている様は、なんだか見ている側の不安感を呼び起こす。

これを全部ひとりの人間が撮ったのなら、その人は何かに憑《つ》かれてシャッターを切っているんじゃないかと思った。

天井に目をやっていたら本当に眩暈がしてきて、俺はすとんと板張りの床に腰を落とした。

「あれ」

ノブのついたドアが開く。蝶野が顔を出した。いつも通りの様子で。

「何?」

「か……、仮縫いができたから合わせろって赤星さんが」

うつむいて口を押さえて、俺は答えた。

「あそう」

落ちている写真をよけて、蝶野が近づいてくる。俺のすぐ前にしゃがみ込んだ。

「どうした?」

「……キモチワルイ」

蝶野は笑った。

「よく言われる。おまえ頭おかしいんじゃねえのって」

「……これ、撮ってて楽しいのか?」

「どうかな。楽しくて撮ってるわけじゃないけど」

「……」

嫌だ。

こういう人間は、近づかないに限る。頭の中が何か別のものでできている。

大丈夫かと言いながら、蝶野の手がひたいあたりに伸びてきた。俺はすっと身を引いて立ち上がって、足早にその部屋を離れた。

気がつくと、学祭まで残すところあと数日だった。

お祭りって、積極的に関《かか》わらなければ、道路を練り歩いていく山車《だし》みたいにただにぎやかに通り過ぎていくだけだ。だけど実際参加するとなると、見ているだけじゃわからない苦労が一気にのしかかってくる。山車だって、曳《ひ》くのはそうとう大変だろう。

「疲れてんね、三木」

学食でテーブルに突っ伏していた俺は、同じ学部の友人からそう声をかけられた。

「そう。疲れてんだよ」

くたりと頬をテーブルにくっつけたまま答える。試作と練習を重ねて、ようやくカフェのメニューが全部決まったのが昨日だ。試作用の材料だって無駄にするわけにはいかないから、作ったものはすべてその日の食事やおやつになる。同じものばかり食べ続けて、住人全員がいいかげんうんざりしていた。甘いものも多いから胸焼けもする。今日からは、本番用に日持ちのする焼き菓子を作る予定だった。

それに学祭前だって普通に講義はあるし、レポート提出もバイトもある。合間にカフェの準備に追われ、バーのバイトは終わるのが夜遅いし、俺はここ最近すっかり寝不足だった。

「学祭の準備が忙しくてさ……」

郵 便 は が き

恐れ入ります
80円切手を貼って
送って下さい
アンケートのみは50円

101-8405

東京都千代田区神田神保町1-5-10
二見書房 シャレード文庫 愛読者 係

ご住所 〒	
TEL - -	Eメール
お買い上げタイトル	お買い上げ書店
フリガナ	
お名前 (年令 才)	

※誤送を防止するためアパート・マンション名は詳しくご記入ください。

05.6

愛読者アンケート

□この本をお買い上げになった理由をお教えください。
（複数回答可）
1.雑誌で読んでいたので　2.作家が好きだから
3.イラストレーターが好きだから　4.カバーが気に入ったから
5.内容紹介が面白そうだったから　6.その他（　　　　　　　　　　）

□この作品とイラストの組み合わせはいかがでしたか。
1.よかった　2.まあまあ　3.あまり合っていなかった
（理由　　　　　　　　　　　　　　　　　　　　　　　　　）

□お読みいただいた感想、シャレード文庫のシリーズについてのご意見、ご要望をお聞かせください。

■ご協力ありがとうございました。この愛読者カードをお送りいただいた方にオリジナルグッズをプレゼントいたします。締切は2005年8月31日（当日消印有効）です。

↓　この線で切い

部屋に拘束具でベッドに繋がれた弘のもとへ、両親が現れ…

内村りんこ　絵・桜遼
ときめきホームラン　Ⓑ04103
プロ野球スターに押しかけ同居され平凡な生活が一変！

S・稔也　絵・甘野有記
男子高校生　Ⓐ98192
悩める男子高校生たちの複雑に絡み合った恋の顛末

神崎春子　絵・森口悠也
愛は濡れている　Ⓒ98053
男たちのせつない想いが迸り、絆が深まる…

神崎竜乙（春子）　絵・森口悠也
竜は蘇るか　Ⓑ99221
名物刑事の私生活崩壊!?

神崎竜乙（春子）　絵・森口悠也
こころ抱きしめて　Ⓒ00599
恋人・風巻を追って単身ロスへ向かった冬木だが…

金丸マキ　絵・恵利織
出ていってやるこんな家！　Ⓒ00660
椎名家の不思議な事情とはいったい…？

可南さらさ　絵・にゃおんたつね
ちゃんと待ってる　Ⓑ02100
貴一に恋した自分に戸惑う智幸だが…この恋、辛すぎる！

きたざわ尋子　絵・果桃なばこ
明日も休診　Ⓑ01102
歯科医×バイク好き高校生♡デンジャラス・デンタルラブ

北川とも　絵・北川拓巳
花火降る海へ　Ⓑ01130
故郷に帰ってきた克己。幼馴染の隆信は変わらぬ笑顔で迎えてくれ…

京橋ナルミ　絵・みずの瑚秋
チェリー　トゥ　ア　リップ　Ⓗ03213
謎と憂いを秘めた青年と、純真で一途な高校生のリリカルな恋物語

乾いた心を潤すステキでスリリングなラブ・ストーリー

佐々木禎子　絵・梅太郎
プラトニックな愛撫　Ⓒ04194
優等生の譲は問題児・本山にゲイであることを見抜かれ…

桜樹かれん　絵・藤井咲耶
愛のディスティニー　Ⓑ04020
デパートで成功を目指す男たちのドラスティックラブ。

嶋田まな海　絵・せら
ここが僕らのお城です　Ⓒ04002
キュート&センシティブな学生寮ストーリー

嶋田まな海　絵・せら
ヘヴンリー・ブルー　Ⓒ05063
夜の街で出会った危うげな青年に惹かれていく恭介だが…

深海とおる　絵・東野裕
不敵な生徒の愛し方　Ⓑ02008
男同士でラブホにいるところを教え子に見られた!!

愁堂れな　絵・甲田イリヤ
傲慢な彼ら　Ⓒ04238
上司に同僚にと愛欲入り乱れる三角関係オフィスラブ決定版！

春原いずみ　絵・あさとえいり
緑陰～たったひとりのあなたへ～　Ⓒ01040
人気作家が描く、薫り高いミステリアスロマン!!

芹生はるか　絵・石田育絵
プライム・タイム1～5　1Ⓒ00520
2Ⓒ01003 3Ⓒ01101 4Ⓒ02053 5Ⓑ04059
プリティ守銭奴、柏木とチーフ助監督の梶との恋の駆け引き

芹生はるか　絵・円陣闇丸
メイク・ラブ　Ⓒ00623
孤独な千尋と心を閉ざす榊原。四ヶ月間だけの恋人契約を結んだが…

芹生はるか　絵・羽根田実
KISS ME　Ⓔ02007
古書店主、東條と駆け出しミステリー作家の稔は急接近！

中原一也　絵・水貴はすの
KYOUHAN～共犯～　Ⓒ02194
めくるめく社内恋愛をハードボイルドタッチに描く、濃厚ラブ

中原一也　絵・こいでみえこ
ミツバチの王様　Ⓒ04126
美人マスターと養蜂家の蜂蜜より甘いスロウライフ・ラブ。

中原一也　絵・水貴はすの
愛とバクダン　Ⓓ04193
元刑事の探偵竜崎は悪友の弟・謙二郎を雇うハメになるが…

花川戸菖蒲　絵・角田緑
一緒にいたねをたくさん　Ⓒ00761
本屋さんカップル青山&望シリーズ第2弾！

花川戸菖蒲　絵・角田緑
手をつないでちょっと笑って　Ⓒ02005
二人の密度300%のラブラブ生活。ハートウォーム力作！

花川戸菖蒲　絵・角田緑
リボンの日をときどき　Ⓒ03028
望は青山の誕生日に箱根旅行を計画。恋愛レベル急上昇、第4弾！

花川戸菖蒲　絵・角田緑
幸せで幸せでやさしい　Ⓑ04019
書店勤務のカップル青山と望に訪れる離婚の危機！

花川戸菖蒲　絵・角田緑
いつかバウムクーヘンのできる日まで　Ⓑ05040
いよいよ初めての結婚記念日を迎える望&青山だが…

長谷川忍　絵・宮本佳野
ファイヤーローズ　Ⓑ98121
みだらに戯れる従兄弟と美しい少年に御堂の中の野性が目覚める

長谷川忍　絵・織田涼歌
黒くぬれ！　Ⓓ99176
雅楽師をめざす珠紀とロック野郎、通。音楽に生きる心はひとつ！

↑　この線で切り取ってください

↑　この線で切い

取ってください

鳩村衣杏 1絵・崇原千鶴 2・3絵・しおべり由生
ラブ、エトセトラ。1〜3
1ⓒ02037 2ⓓ02172 3ⓒ04046
スタイリッシュなオトナのラブ・ストーリー

鳩村衣杏 絵・山田ユギ
映画館で逢いましょう ⓒ03212
印刷会社を依願退職した周は映画配給会社に再就職するが…

火崎勇 絵・嶋津裕
アブナイ眠り姫 ⓑ00705
プライベートでは優しくセクシー、ビジネスでは鬼のような上司に甘利は

火崎勇 絵・織田涼歌
サクラ同盟 ⓑ01159
行く先々で出会う男。男はそのつど違う名前を名乗るのだが…

妃川螢 絵・青海信濃
GROW 火照り ⓑ04014
カードGメンの志信はゲイバーの潜入捜査を敢行

妃川螢 絵・せら
恋の花 ⓒ05005
意地っ張り美人社長がワイルドな凄腕カフェ店長と愛人契約!?

藤原万璃子 絵・鳳麗華
ワンダフル・タイム ⓑ98082
シャルル&ハルキシリーズ第5弾!

藤原万璃子 絵・鳳麗華
クレオパトラの夢 ⓒ99018
上質なシャンパンの味わいのように甘く胸にしみる連作集

藤原万璃子 絵・鳳麗華
ライカンスロープの憂鬱 ⓓ99069
シャルルの少年時代が明らかに…二人のラブモード益々上昇

藤原万璃子 絵・鳳麗華
エンジェル・キッス ⓓ99158
シャルルに最強のライバルが登場!!

藤原万璃子 絵・鳳麗華

椹野道流 絵・加地佳鹿
君の体温、僕の心音 ⓑ01112
親友から恋人同士へ昇格した外科医・江南と法医学教室助手の篤臣

椹野道流 絵・唯月一
耳にメロディー、唇にキス ⓑ03115
シアトルに移り住み、現地で結婚式を挙げた江南と篤臣だったが…

椹野道流 絵・唯月一
夜空に月、我等にツキ ⓑ04148
勘当中の江南と家族を仲直りさせようとする篤臣だが…

椹野道流 絵・宮本イヌマル
ブライトン・ロック! 1・2
1ⓑ02078 2ⓑ03172
航洋は留学先の英国で素敵な青年と「家族ごっこ」を始めることに

魔鬼砂夜花 絵・暮越咲耶
バイトは家政夫!?〈メイド〉 ⓒ01041
稔の始めた住み込み家政夫のバイトは人気俳優、岳彦の家だった!

魔鬼砂夜花 絵・暮越咲耶
恋人は俳優〈ハニーはスター〉 ⓑ02006
ムリヤリから始まった関係も「恋人同士」らしくなってきたある日!?

魔鬼砂夜花 絵・暮越咲耶
醜聞!? 宣伝!?〈スキャンダル・コマーシャル〉 ⓒ02115
稔&江阪 絶好調! 俳優と家政夫シリーズ第3弾

魔鬼砂夜花 絵・暮越咲耶
結婚狂騒曲〈第一楽章〉〈第二楽章〉
〈第一楽章〉ⓑ02212 〈第二楽章〉ⓑ04173
稔の担任、田村との結婚を控えた舞香が部屋に転がり込んで…

魔鬼砂夜花 絵・青柳たくみ
No.1ボイスをめざせ! ⓑ05018
〜間違いだらけの声優学校〜
超個性派声優&生徒たちが繰り広げるドタバタラブコメ♡

三浦煌 絵・やまかみ梨由
海岸行き ⓒ99203
暖かく頼もしく……恋の行方は!?

きみのとなりで眠りたい 角田緑 ⓓ03002
不器用な二人のラブストーリー!

春告虫 花本安嗣 ⓓ00502
恋のポジション争いに決着はつくのか!?

PRIVATE 不破慎理 ⓓ94174
年の差カップルのアブナイ恋のお話♡

優しい関係1・2 不破慎理
1ⓓ96131 2ⓕ97141
トライアングル・ラブの行方!

パーフェクト・ワールドⅠ〜Ⅲ 不破慎理
旧友との再会で♡ Ⅰⓓ99085 Ⅱⓓ00589 Ⅲⓓ01057

チョコレート・キス1〜3 依田沙江美
1ⓓ97173 2ⓓ02015 3ⓓ04127
名門学園が舞台のラブリーラブコメ。

真夜中を駆けぬける 依田沙江美 ⓓ99015
新鋭画家と編集者、二人の恋は…。

千の花〜真夜中を駆けぬける2〜 依田沙江美 ⓓ02195
昇が勇気の知らない誰かと結婚!?

★シャレード・ブックス

神崎春子 絵・TOKAI
*ベイシティ・ブルースⅠ・Ⅱ Ⅰⓕ95148 Ⅱⓓ95035
アクションラブ・ストーリー!!

高円寺葵子 絵・あがた萌
*P・B・クライシス ⓕ96077
悪魔から脱出するチャンスは今!?

紫瞳摩利子 絵・尾崎芳美
コーリング・ユー ⓕ96039
シャルル&ハルキ…長編ハード・ロマン

←この線で切り取ってください

取ってください

↓　この線で切り

ブルー・ドラ…　©99220
シャルルの故郷で大騒動が!? シャルル＆ハルキシリーズ第9弾

藤原万璃子　絵・鳳麗華
ボディ・アンド・ソウル　©00707
シャルル＆ハルキシリーズ第10弾。なんとシャルルに初めての強敵現る!?

藤原万璃子　絵・鳳麗華
上海小夜曲 ～シャンハイ・セレナーデ～　©01082
満足度大保証のシャルル＆ハルキシリーズ第11弾！

藤原万璃子　絵・鳳麗華
バースデイ・パニック！　Ⓑ03001
ハルキの誕生日にプレゼントを用意してサプライズを企てたタケシ

藤原万璃子　絵・鳳麗華
ボディガード　©04217
バレエダンサーの亡命を手助けするハルキ。彼の目的は？

藤原万璃子　絵・秋月千璃
甘い生活。　Ⓓ02193
日本・香港をまたにかけたスリリングでオイシイラブ☆アバンギャルド

藤原万璃子　絵・日高陽子
酒とバラの日々　Ⓖ03201
ワインのように甘く、蜜のように苦い。芳醇な香りに満ちた大人の恋愛物語

藤村裕香　絵・七海椋
ブラディ　鬼退治屋シリーズ2　Ⓑ99175
ハイパーHなオカルト・アクション益々好調！

藤村裕香　絵・七海椋
パッション　鬼退治屋シリーズ3　©00522
零一郎と緋色の肉体共有の秘密が明らかに……

藤村裕香　絵・日輪早夜
ヴァニラな花嫁くん　©00622
若きやり手社長と姉が見合い。勢い込んで同席した高校生の伊央だが

樋野道流　絵・加地佳鹿
右手にメス、左手に花束　©00659
リアル感あふれる医者もののボーイズラブの決定打♪

夜月桔梗　絵・安曇もか
夜に生まれ、夜に死ぬ　Ⓑ99068
男娼と暗殺者というふたつの顔を使い分けターゲットへと忍び寄る。

夜月桔梗　絵・安曇もか
夜は知っている　©00579
カイゼル＆諒シリーズ、待望の書き下ろし第3弾！

ゆりの菜櫻　絵・鹿谷サナエ
最強凶の男　©04102
トンデモ御曹司と貧乏編集者のパワフルラブコメ！

★シャレード・コミックス

藤本恵介の華麗な日常　東谷珪　Ⓓ98089
芸能人と一般人の恋は前途多難!?

転校してきたあいつ　東谷珪　Ⓓ98191
帽子の中に隠された転校生の秘密!?

赤い絆　東谷珪　Ⓓ00541
運命の相手との非日常な出会い

イジワルな神サマ　東谷珪　Ⓓ00756
わんこが人に恋をした！

はな、さいた！・2　石田育絵　1Ⓓ99192　2Ⓔ01098
会社社長と社員の恋♡

デオドラント　石田育絵　Ⓔ03202
報われない相手に尽くす弁護士×弁護士の絶愛

月の光、そのカケラ　こおはらしおみ　Ⓖ01079
以前関係をもった男に偶然遭遇して……

ジグソーパズル　相模鮎果　Ⓓ99216
キュートな咲部先生の恋は激ハード

ぼくたちの家　さとうかずこ　Ⓓ98177
優しさ溢れるスウィートホーム物語

スキ！　硝音あや　Ⓓ99112
酒田の猪突猛進アタックに先輩は…

↑
のりしろ
↓

シャレード
Charade e-books

◆パソコンにダウンロードしてお読みいただけるサイトです。未単行本、絶版、品切れ本も続々アップ中(有料)。
尚、次の作品はパピレスのみでの販売となります。
いつも空にキラリ／10カラットの恋をしよう／ウソつきは恋の始まり／暴君な優等生／シグナル・レッド1・2／ラブ、エトセトラ。／夜と昼、そして夜／夜に生まれ、夜に死ぬ／夜は知っている

二見書房ダウンロードサイト
http://www.futami.co.jp/charade/download/
電子書店パピレス　http://www.papy.co.jp

05.6

↑　この線で切

り取ってください

★シャレード文庫

有田万里　絵・栗山アニー
サンタモニカ・ボーイズタウン〈上・下〉
上Ⓓ00503 下Ⓓ00504
裏社会に躍動するL.A.の男娼たちとそこに巣くう犯罪の影！

青池周　絵・富士山ひょうた
真夏の被害者Ⅰ～Ⅸ
ⅠⒸ98120
ⅡⒸ99048 ⅢⒸ99157 ⅣⒷ00548 ⅤⒸ00682
ⅥⒸ01020 ⅦⒸ01131 ⅧⒹ02077 ⅨⒸ03061
日々是バトルの激烈カップル♡正志&リュウ

有栖川ケイ　絵・天王寺ミオ
わがままプリズナー　Ⓑ02019
隷属を強いられる梓に明日はあるのか!?

有栖川ケイ　絵・西貴よも
優しくて棘がある　Ⓑ02160
今日からオレがご主人様だ！

浅香ゆき　絵・西貴よも
恋人への進化論　Ⓒ03039
親友、佐伯に結婚話が！　千里の心は揺れて…

浅見茉莉　絵・しおべり由生
素肌をつつんで　Ⓑ04083
スパルタ秘書柏谷と見習い社長奏の主従逆転愛の行方は…

鳥城あきら　絵・ふさ十次
L・i・n・S ―リンス―　Ⓒ03038
美容師×商社マンのラブ・ストーリー。全編書き下ろし！

鳥城あきら　絵・文月あつよ
許可証をください！　Ⓓ03200
働く男の葛藤と官能！ガテン系ラブ♡

鳥城あきら　絵・文月あつよ
慰安旅行に連れてって！　Ⓓ04082
～許可証をください！2～
弘と前原の濃密&おとぼけワーキングデイズ第2弾！

鳥城あきら　絵・文月あつよ
嵐を呼ぶ台風!?　Ⓗ05004
～許可証をください！3～

高円寺葵子　絵・あがたもえる
P・B・センセーション　Ⓑ99116
おなじみ洋一郎&彼方の過激バトル・コメディ♡高校出会い編

高円寺葵子　絵・あがたもえる
P・B・ラビリンス　Ⓑ00508
洋一郎の元婚約者上萌が彼方を好きになってしまったから大変！

高円寺葵子　絵・あがたもえる
P・B・ミラクル　Ⓑ00643
20歳までに結婚しないと美杉家が滅亡!?洋一郎に突然の結婚話が

小林蒼　絵・東谷珪
憧れていた大人になりたくて　Ⓑ98081
「藤本恵介の華麗な日常」ノベル版♡

小林典雅　絵・柚名ハルヒ
棒投げ橋で待ってて　Ⓓ04218
堅物看護師と生活能力皆無のお坊ちゃま。二人の恋の行方は…

剛しいら　絵・鳥人ヒロミ
酔って、酔わせて　Ⓒ01019
神酒は幼なじみの保とともに幻の銘酒造りに挑戦することを決意する

佐藤ラカン　絵・山田ユギ
狼は花と散る1・2　1Ⓒ99219 2Ⓒ00728
ボクサー少年とトレーナーの激愛物語

早乙女彩乃　絵・岡品とおる
永遠の一瞬1・2　1Ⓒ00762 2Ⓒ01018
歪んだ愛に縛られる柾文と潮。衝撃のインモラル・ラブ！

早乙女彩乃　絵・すずしろ鈴菜
それはベッドから始まった　Ⓒ01161
やけ酒の成り行きで後輩と日！「恋はアバウト」のはずが…

早乙女彩乃　絵・すずしろ鈴菜
恋は独占欲　Ⓓ02038
ラブラブ中な二人の前に美少年が現れて…「それはベッドから…」第2弾

早乙女彩乃　絵・せら
ホドケナイ鎖1～4
1Ⓑ02213 2Ⓒ03029 3Ⓗ03094 4Ⓗ03173
聖♡大和。怒涛のドラマティックストーリー!!

佐々木禎子　絵・深井結己
恋とペットと時限爆弾　Ⓑ03093

谷崎泉　絵・藤咲なおみ
目眩（めまい）1・2　1Ⓒ00568 2Ⓒ00706
ジェットコースター・ハードラブ!!

谷崎泉　1～6 絵・こおはらしおみ　7～スペシャル編 絵・陸裕千景子
君が好きなのさ3～8・10・番外編・スペシャル編
3Ⓒ99202 4Ⓑ00521 5Ⓒ00598 6Ⓑ00760
7Ⓑ01063 8Ⓒ01113 10Ⓓ02131
番外編Ⓑ03116 スペシャル編Ⓑ04101
浅井♡つぐみ　ノンストップ・ハードラブコメ

谷崎泉　絵・陸裕千景子
しあわせにできる1～7　1Ⓑ03060
2Ⓑ03167 3Ⓑ04001 4Ⓑ04067 5Ⓑ04146
6Ⓒ04237 7Ⓑ05064
深夜のオフィスで……。王道リーマンラブ♡

谷崎泉　絵・藤井咲耶
恋泥棒を捜せ！1・2
1〈パンダ航空・噂の二人編〉Ⓑ04195
2〈パンダ航空・狙われた華編〉Ⓑ05019
客室乗務員美雁はパイロット神園との腐れ縁を断ち切ろうと…

高遠春加　絵・加地佳鹿
神経衰弱ぎりぎりの男たち　Ⓒ99114
初めて会った前も知らない恋人と順番めちゃくちゃ、常識はずれの恋をした

高遠春加　絵・加地佳鹿
地球は君で回ってる　Ⓒ00505
恋人同士となった七瀬と匡一。有名女優の隠し子騒動に巻き込まれ…

高遠春加　絵・東山紫稀
最後から一番目の恋　Ⓒ01002
夏休み。七瀬は恋人の匡一を故郷につれていくことに成功

高遠琉加　絵・祭河ななを
天国が落ちてくる1～3
1Ⓒ04068 2Ⓒ04147 3Ⓒ04216
湊は人気ヴォーカリスト・カオルの秘密を知ってしまい…。

竹内照菜　絵・館野とお子
ハードボイルド・ラブ・エッグ　Ⓑ01083
新人編集者と超美形ミステリ作家のラブコメ・ミステリ風味♡

南原兼　絵・すがはら竜
太陽のシーズン　Ⓐ00681

取ってください

「なに、マジで学祭出んの?」

「うんまあ」

俺は身を起こした。

昼時で、学生食堂は八割方の席が埋まっていた。五つの学部が集まる食堂だからかなり広く、午前の講義を終えた学生たちの騒がしいざわめきに満ちている。メシはすませていた俺は、メラミンの茶碗に入ったセルフサービスのお茶をひとくち飲んだ。すでに冷めていた。

「オレはさあ、高原バイト決めちゃった。学祭と前後の休日合わせて五日間休講になるもんな。那須《なす》のペンションでバイトするんだ。女の子の客が多いといいなあ」

俺に声をかけたのと別の奴が楽しそうに言う。テーブルには知ってる顔が何人か集まっていた。俺はふうんと適当に相槌《あいづち》を打った。

経済学部生にとっての大学祭なんて、こんなものだ。強制参加じゃないんだから、部やサークルで何かやるんじゃなければ、誰もまともに参加したりしない。

だけどアパートで芸術学部の連中に囲まれていると、まさにお祭り準備中のあわただしさと熱気を感じた。俺より睡眠時間はさらに少ないだろうに、彼らはバイトをしてカフェの準備もしながら、なおかつ自分の作品制作に没頭している。メシも食わずにそれぞれのアトリエに何時間もこもっていることもしょっちゅうだった。そういう姿と、俺自身の属するこの経済学部の雰囲気とは、同じ大学の学生とは思えないくらいギャップがあった。

(俺はこっちの空気にもともとなじんでいたはずなのに)

芸術学部はキャンパスが離れているから、大学では連中に会うことはない。そのせいで、自分がいつのまにかけっこう本気でがんばってしまっていたことを急に自覚して、俺はなんだか落ち着かない気分になった。

だってしかたないじゃないか。本気でやるしかない状況なのだ。

赤星さんの作ったギャルソン服は、さすが服飾デザイン専攻、売り物と言っても通りそうなくらいきちんとした作りだった。生地はデザイン学科の被服材料室で使われずに眠っていたものを、交渉してタダ同然で引き取ってきたらしい。それを人数分、赤星さんは睡眠時間を削って仕立て上げていた。このところずっと目の下にクマを作っている。大丈夫ですかと思わず訊くと、「平気よお。今テンション上がってるから」という答えが返ってきた。

陶芸専攻の学生が作ったという土ものの食器も、雰囲気があってまるで作家の一点ものみたいで、そういう器に盛ると料理は格段においしそうに見えた。飲み物も業務用の機械が借りられたおかげで、カプチーノだのカフェラテだのけっこう本格的に作ることができるし、赤いギンガムチェックのテーブルクロスも借りてきた。お膳立《ぜんだ》ては上々って感じだ。これで肝心の料理がまずかったら、それはさすがにやばいだろう。

結局真剣にメニューに取り組んでしまい、自分で言うのもなんだけど、料理の出来映えはそう悪くはなかった。プロじゃないから凝ったお菓子とかは作れないんだけど、素朴な焼き菓子でも、ソースやホイップしたクリームでデコレーションして綺麗に盛りつけると、まあそれなりにカフェメニューっぽく見える。数種類用意する軽食や、蝶野の作る軽めのカクテルに合わせたつまみも、見映えのいいものが手早くできるようになった。

なんだかすっかり染まっている気がする。こんなはずじゃなかったのに、と思ってみてももう遅かった。あのアパートに住み始めてから、俺はペースを狂わせられてばかりだ。

学祭でカフェなんてやってる姿は、あまり同じ学部の連中に見られたくない。その話題が出る前に席をはずそうと、俺はトレイを持って立ち上がった。

とその時、学食の入り口近くで、ざわっと人の波が沸き立った。

「きゃー、なに?」

「かわいー」

「なんかのパフォーマンス?」

出ようとしている人と入ろうとしている人とで、入り口はちょっと混雑していた。だから何が起きているのかはよくわからなかった。周りのテーブルの学生たちも、みんな何事かという顔でそっちを見ている。

「……あれ、ゴジラ?」

プッと、誰かが吹き出す音が聞こえた。

「うわ、なんだあれ」

人だかりが左右に割れた。その真ん中から、モーゼよろしく人が数人歩いてくる。いや、人っていうかなんていうか。

一番前を歩いているのは、ゴジラだった。

ゴジラの——あれは着ぐるみだろう。後ろ足で立った、巨大なトカゲみたいな怪獣。ギザギザの背びれと尾がついていて、開いた真っ赤な口から鋭い牙《きば》が覗いている。なかなかよくできていた。太い爪《つめ》のあるずんぐりした手に、プラカードを持っている。

そこにはこう書かれていた。

〝映画学科一年が総力を結集した渾身《こんしん》の超大作『ゴジラVS安倍晴明《あべのせいめい》』桜花祭にて興奮の大上映会！〟

その大きく派手な文字の下には、〝見にきてね〟とかわいく添えられていた。

「……」

俺は一歩後ろによろけた。

「ぎゃはは。なんだあれ、芸術学部の連中かあ？」

「映画学科ってほんとに映画作るんだー」

「なんでゴジラと安倍晴明が戦うんだよ」

さまざまな声や笑いが巻き起こる中を、ゴジラはのっしのっしとがに股《また》で食堂をつっきって歩いてくる。俺はそっとトレイをテーブルの上に置いた。後ろを向こうとしたその瞬間、

ゴジラが嬉しそうに片手を上げた。

「あっ、三木さーん！」

（げっ）

逃げようとしたのは、べつにゴジラが怖いからじゃない。その後ろに赤星さんと蝶野がくっついていたからだ。ゴジラの中身は壬生沢くんに違いない。

「あらっ、よかったわ、見つかって。この時間なら学食にいるだろうって踏んだんだけど、本校舎って慣れてないから迷っちゃったわよもうっ」

固まっている俺のそばまで寄ってきて、赤星さんは笑いながらばしんと俺の背中を叩いた。

「み、三木、ゴジラと知り合いか？」

テーブルに座ったままの学部の友人が、引きつった顔で俺を見上げる。今にも爆笑したそうだ。周囲の視線も痛い。

「いやあのえーと」

「お友達？　あたしたち同じアパートの者でーす。三木ちゃんがいつもお世話になってます。あ、学祭であたしたち一緒にカフェやるんで、みんなで来てね」

しっかりと俺の肩に腕を回して、赤星さんはにこにこと愛想よく言った。

もうだめだ、と俺は思った。

「それでね、三木ちゃん。飲食店をやる場合は、実行委員会にメニューを提出していろいろ注意を受けなきゃいけないんだけど、それの締め切りが今日なのよ。朝言うの忘れちゃって。三木ちゃんは調理責任者だから同行して欲しいんだけど、今日、講義が終わるのは何時かしら？」

身長があって服装もわりと派手で目立つ赤星さんは、小首を傾げて言った。

「えーと」

ゴジラもさることながら、赤星さんのこのキャラクターも充分人目を引いていることだろう。注目されているのを感じながら、俺はしどろもどろに答えた。背中にうっすらと汗が浮く。

ゴジラに扮《ふん》した壬生沢くんは、プラカードを掲げてのしのしと学食内を一周していた。壬生沢くんは映画が公開にぎりぎりだというんで、このところ大学に半分泊まり込むような日々が続いている。だけどとても元気に、笑ったり囃《はや》し立てたりする学生たちに手を振っていた。蝶野は腕を組んで、おもしろそうにあたりを見回している。単にものめずらしくてくっついてきただけらしい。

「じゃ、蝶野ちゃんとあたしと三人で行きましょ。四時にこっちの学生課の前で待ち合わせね。あ、壬生沢ちゃんが映画の宣伝したいって言うからこれからこっちの校舎練り歩くんだけど、一緒に来る？」

俺はぶんぶんと首を振った。

「そ。でもこっちの学食広くていいわね。あとでなんか食べてこうっと。それじゃ、あたしたちもう行くわね」

　場違いな小集団は、周りの注目を浴びながら悠々と学食を出ていった。

「びっくりした。三木、ああいう連中とつきあいがあったのか」

「あ、ああまあ……」

　我に返って、俺は友人の声にぎこちなく頷いた。

「アパートが一緒で……」

「カフェなんてマジでやるの?」

「うんまあ……」

「ふうん。そういやオレ学祭って出たことないけど、芸術学部の連中は命懸けてるっていうよな」

「あっちの連中にとっては正念場なんだろ。いいよなあ、毎日好きなことだけやってて。学校に遅くまで残ってる奴多いって聞くし、四六時中、絵描いたり映画作ったり?」

　言った奴は、ちらっと口の端で笑った。

　芸術学部の連中に囲まれていると忘れそうになるけど、こっちの校舎の学生には、芸術学部ってちょっと奇異に見られているところがある。ただでさえ芸術なんてわかりにくいものを掲げている上に、校舎が離れているせいで何をやっているのかいまいち得体が知れないし。

変人揃いだから隔離されている、なんて噂《うわさ》もあるくらいだ。

「芸術学部なんて出てさ、就職口あるのかな。芸で食っていけるのなんて、ほんのひと握りだろ？」

「今、就職難だしな」

「オレなんか、まだ二年でも景気や企業の採用状況って気になるよ。行きたい業界のニュースをチェックしたりもしてるし。今のうちに取れる資格は取っておきたいしな」

「世の中せちがらいよなあ」

「ああいう連中は優雅なんだよ。なんたって芸術家だからさあ」

ははは、と笑い声が起きた。

（優雅？）

……そんなふうには考えたことがなかった。アパートの住人たちはみんなもれなくバイトをしているし、生活を切りつめて他のことは削《そ》ぎ落として、自分のやりたいことをやっているように見える。あのアパートの生活水準は、きっとこの中の誰よりも低いだろう。

（なのにあのパワーはどこから来るんだろう）

俺は、彼らみたいにやりたいことなんてない。今は一緒に動いているけど、それだって巻き込まれただけだ。

俺は本来は、こっち側の、ここにいる学部の友人たちと同じだった。まっとうな会社に就職して、まっとうな暮らしがしたい。母子家庭で苦労したせいで、役にも立たない夢なんてものに振りまわされるのはまっぴらだと思っていた。

　今でもそう思っている。

（でも）

目の下にクマを作ったり、バイト代をつぎ込んだり。何かに衝《つ》き動かされるみたいに、眠るのも食べるのも忘れて。

（何がそんなに欲しいんだろう）

いつも不思議だった。連中には、俺に見えない何が見えているんだろう。

（とりあえず、あのバイタリティーには頭が下がるよな）

小さな嵐《あらし》が去ったあとの入り口をぼんやりと眺める。自分がどっちつかずな気がして、なんとなくため息をこぼした。


大学祭初日は、深みのある青い空が天高く抜けた、文句のつけようのない秋晴れだった。

大学正門に、桜花祭と書かれ飾りつけがされたゲートが作られている。キャンパスのシンボルの銀杏《いちょう》並木には大きなリボンが飾られていた。金色の木に真紅のリボンが映えて、豪華な花道みたいだ。新入学の時期と同じように立て看板がたくさん並べられ、いろんなチラシがぺたぺたと壁に貼られたり風に飛ばされたりしている。校門を入ったところにテントが張られて机が並べてあって、そこで女子学生が入場者にパンフレットを配っていた。けっこう盛況っぽい。

うちの大学の学祭は、かなり学外のお客さんが多いらしかった。それはやっぱり芸術学部があるからだろう。何しろ〝芸〟を売り物にしようとしている連中だ。普通の学生が何かやるより、よっぽど見応《みごた》えはあるんだろう。

芸術学部は校舎が離れているけど、俺が普段通っている本校舎の方でも、芸術学部の展示や公演は多い。アート関係の雑誌や新聞の学芸部の記者が取材に来たりもするらしいし、工芸学科やデザイン学科が主催するさまざまな作品の展示即売は、わざわざそのために遠くから来る人も多いくらい毎年人気なんだそうだ。初めて学祭に参加した俺は、これまで芸術学部をあまり意識していなかったこともあって、その盛り上がりぶりにちょっと圧倒されていた。

「三木ちゃん、早く」

「あ、はい」

赤星さんに急《せ》かされて、本校舎を通り過ぎて芸術学部のキャンパスに向かう。ふたつのキャンパスは徒歩五分も離れていなかった。

「うわ」

こっちはまたよりいっそう派手だ。昨日来た時はまだセッティングされていなかったゲートが、校門で威風堂々と来客を迎えている。本校舎のものより小さいのに造りはよっぽど精巧で、ギリシャ神話か何かから題材を取ったらしい凝った像や彫刻で飾られていた。まるで神殿みたいだ。

「凄《すご》いですね」

「工芸学科の自信作よ」

キャンパスの中も、各催し物の趣向を凝らした看板やディスプレイで飾り立てられている。準備に費やした時間と労力はそうとうなものだろうと思えるものばかりだ。その中を、今朝《けさ》下ごしらえした食材の入った段ボール箱を抱えて、赤星さんと小走りに急ぐ。その他の必要なものは、昨日のうちに全部運び込んでいた。

「そろそろ開場して二時間ね。学生も朝から来てるお客さんも喉が渇き始める頃だから、早く始めましょう」

カフェは昼前から始める予定だった。うちのアパートの芸術学部の連中は、昨夜は「本職」の方の準備で忙しかったみたいで、みんな帰ってきたのが夜中だった。帰ってこなかった住人もいる。カフェは、学科の方で用事があるらしい壬生沢くんと蝶野以外の四人で、とりあえずオープンすることになっていた。

予定の場所に行くと、志田さんと響川さんはすでに来ていた。あわただしく準備を始める。

「天気いいからテーブル外に出そうぜ」

「そうね。晴れてよかったわねえ」

キャンパス内はアップテンポのポップスが構内放送で流れていて、たくさんの人がにぎやかに行き交っていた。どこかで紙吹雪《ふぶき》を散らしているらしく、色とりどりの小さな紙片が風に乗って流れてくる。受付で小さな子供に風船を配っていて、時おりそれが人波の上でふわふわと揺れていた。こういう雰囲気、高校の文化祭以来だ。規模はずっと大きいけど。

「蝶野がいない間は俺がドリンクやるわ」

「お願い。響川ちゃん、お会計まかせていい？　ここに両替してきた小銭が入ってるからね」

「俺、テーブルクロスかけてきます」

借りた教室の机を組み合わせてテーブルを作って、クロスをかける。机は外に出してオープンカフェにした。ちょうど植え込みの大きな木の陰に入る場所で、木漏れ日の下の赤いチェックのテーブルクロスが清潔感があって人目を引く。さらに赤星さんの趣味で、小さな花をコップに飾った。ちなみにそのへんの道の脇に咲いていた花だ。志田さんが描いてくれた立て看板を出していると、通りかかった女の子の三人連れが立ち止まった。

「わー、カフェなんですか？」

「なんかオシャレー」

「いらっしゃいませ。『カフェ五反田』へようこそ」

俺の隣に立った完璧《かんぺき》ギャルソン仕立ての赤星さんが、銀色のトレイを手ににっこりと笑った。蝶タイは、テーブルクロスに合わせた赤。

(結局この名前か)

ちょっと辟易《へきえき》しつつも、バイトだと思って俺も曖昧な営業スマイルを浮かべた。

「喉渇いたよね。なんか飲んでこっか」

「ケーキとかあるんだあ。食べたくなっちゃうね」

「パスタもあるみたい。ちょっと早いけど、ここでお昼にしてく?」

営業を始めると、思ったよりもお客さんが入ってきた。

昼時近いせいもあるだろうけど、なにしろオープンカフェの赤いテーブルと黒いギャルソン服が人目を引く。赤星さんは何もしなくても目立つ人だし、志田さんは堂々とした男前の長身で、眼鏡の響川さんはよく見ると薄幸の王子さまのような美形だ。赤星さんの思惑通り、客は女の子が多かった。響川さんなんて、女の子の集団につかまって携帯のカメラを向けられて困った顔をしている。

「三番テーブル、アイスティーふたつとカフェラテとホットね」

「カフェラテのミルク足りなくなりそう。早く蝶野か壬生沢、来ねえかなあ」

「これ、五番テーブルのパンケーキとフルーツケーキです」

正午近くなると、フードのオーダーが次々と入ってきた。レジは手提《てさ》げ金庫で、メニューや伝票は壬生沢くんがパソコンで作ってくれたのをコピーしたものだ。それでも飲食店勤務の経験者が多いから、事前に流れを決めておいたおかげで、混んできても大きな混乱はなかった。

俺はほとんど調理場になっている準備室にこもりっきりだった。準備室といってもけっこう広くて、ごちゃごちゃといろんなものが詰め込まれた棚と、中央に大きな作業テーブルがある。けっこうちゃんとした給湯設備があって、電子レンジに冷蔵庫まであるのがありがたかった。芸術学部って、普段どんな授業をしてるんだか知らないけど。

「ナポリタンとBLTサンド、あとアイスコーヒーとオレンジジュース」

「はい」

バイトの習い性で、オーダーが入るととりあえず反射で体が動く。出来上がったものは窓から渡した。一日目のランチ用に用意していた食材は、あっという間にさばけていった。

「お。盛況じゃん」

その昼の混乱が終わる頃、蝶野が姿を見せた。

「蝶野ちゃん、遅いわよ」

「悪い。うちの学科、展示してみたら場所が足りなくなって、徹夜で最初からレイアウトやり直しててさ」

「あら。完徹なの？」

「平気。二時間くらい仮眠取ったから。あ、志田さん、メール見たよ。牛乳買ってきた」

言いながら、ジーンズ姿の蝶野は窓枠に足をかけて準備室の窓を乗り越えようとした。

「うわ。あっちの入り口から来いよ」

「面倒くせえよ。着替えるの、ここしかないんだろ？」

窓から入ってきた蝶野は、カーテンも引かずに部屋の奥で着替えを始めた。バーテンダー姿も（くやしいけど）似合うけど、ギャルソン服もなかなか様になっている。髪は整える気はなさそうだけど。俺はどうせ調理の方にかかりきりだからギャルソン服は作っていなくて、ヴィクターでバイトをする時と同じエプロンをつけただけだった。

「志田さん、かわるよ。客少なくなってきたみたいだし、メシ食ってきなよ」

「ああ。先に響川休ませてくるわ」

使った食器は隣の部屋の洗い場で洗っている。志田さんは準備室からそっちに出ていった。

「これならテレビ買えるかなあ」

シャツの袖をまくり上げながら、蝶野は呑気《のんき》に言った。

「……俺は疲れた」

「はは。ご苦労さん。少し休憩しろよ。簡単なものなら、俺作れるからさ」

とりあえずランチの客は一段落したらしく、少しオーダーが途絶えていた。俺は椅子に座って、ふうと息をついた。

「そういやさ」

コーヒーメーカーに挽《ひ》いた豆をセットしながら、蝶野が思い出したように言う。

「おまえ、うちの学科の展示って見にくる？」

「……は？」

俺は瞬《まばた》きをして蝶野を見返した。こちらに背中を向けている。

「行かないよ。どうせずっとここだし。なんで？」

「おまえがいない間はメニュー減らして俺らでやるからさ、見たいものがあったら見てくれば」

「……」

バーで働いている時と同じてきぱきと動く背中は、特に他に何も考えていないように見える。もう一度、「行かない」と俺は言った。蝶野は「ふうん」とどうでもよさそうに返しただけだった。

「蝶野ちゃん、ミルクティーとカプチーノお願い」

窓から赤星さんが顔を出した。あらかじめ窓枠につけてあるテープで、ぺたりと伝票を貼っていく。蝶野はそっちに顔を向けた。

「了解」

適当に休憩を取ったり人が入れ替わったりしながら、なんとか学祭初日を終えた。夕方からはアルコール類もけっこう出て、まだ初日なのにすでに打ち上げ騒ぎをして酔っぱらっていた学生たちもいた。蝶野のカクテルは女の子たちになかなかの人気だった。

後片づけをして、アパートに帰り着く。俺は今すぐ布団に潜り込みたいくらいに疲れきっていた。

「明日は土曜だから一般客がもっと増えるわよ。覚悟しとかないと」

「……」

学祭と名のつくものでこんなに消耗するのは初めてだ。その夜俺は、夢も見ずに泥のように眠った。

赤星さんの言った通り、翌日はさらに目の回るような忙しさだった。一日目は学生が多かったけど、二日目からは歩いている人の年齢層もいろいろだ。中高校生の集団や、子供と一緒の家族連れも多い。客が途切れず大変だったけど、特に大きなトラブルはなかった。

最終日の日曜は、少し雲が出て風も強い日だった。カフェは、テーブルを外に出すのは半分だけにして、半分は教室の中で営業した。洗い場は衝立《ついたて》で隠している。それでも客は多く、大学祭は最終日を迎えてずいぶん盛り上がっているみたいだった。

「あたし、今日の午後はずっとコンテストの方に行かなくちゃいけないのよ」

「大丈夫だろ。志田さん三時頃には戻ってくるって言ってたし、壬生沢も響川さんもいるし」

「そういえば今日は〝奇跡の生還〟の人の講演会があるのよね。蝶野ちゃんは行かないの？」

「講演会とかってあんまり興味ねえから。暇ができたら、赤星さんのコンテストの写真撮りにいくよ」

「あらありがと」

芸術学部の住人たちは入れ替わり立ち替わりで大変そうだ。ちょっとだけ、どんなことやってんのかなあと興味が湧《わ》いてきた。無理してここを抜けて行くほどでもないけど。

（蝶野はあの暗室で見たような写真を並べてるのかな）

他の学生の写真の中で見たら、印象が変わったりするだろうか。あんな写真を撮り続けるのって、どういう心境なんだろう。

「はい、チーズケーキ」

「三木、悪いけどそれ、これと一緒に七番に運んでくんない？　壬生沢は外の方にいるし、響川さんレジやってるから」

蝶野がコーヒーのカップをふたつ出しながら言った。手が足りないらしい。俺は頷いて、トレイに注文品を載せて室内のテーブルに運んだ。

ちょうどお茶の時間で、飲み物やお菓子のオーダーが多かった。みんなくつろいだ雰囲気でテーブルについている。三日目ともなると慣れて余裕も出てきて、俺も時々ウエイターを手伝った。ウエイターをやってみると、食べている人たちの様子が自然に目に入ってくる。俺の作ったものを食べて笑っている顔を見ると、やっぱりちょっと嬉しかった。

「このカフェ、本格的だよね。どこの学科がやってるんですか?」

オーダー品を運んでいくと、客からそう声をかけられた。学生の四人連れだ。

「あ、学科でやってるんじゃないんです」

「じゃあサークル?」

「ええと、それも違うんですけど……」

困った。なんて説明しようかと悩んでいると、後ろから蝶野がひょいと顔を出した。

「俺ら同じアパートの住人なんです。で、みんなでアパートにテレビを買おうってことになりまして」

「テレビ?」

客たちは目を見開いた。

「そう。なにせ貧乏アパートでテレビが共同のやつしかなくて、それがぶっ壊れちゃったんで。それでみんなで稼いで買い換えようってことになったんです。ご協力お願いします」

しい。

蝶野が飄々《ひょうひょう》とした口調で説明する。客たちはどっと笑った。なんだかウケてしまったら
「おっかしー。テレビないんだー。大変だねー。あたし協力しちゃおうっと。えーと、このクッキーってお持ち帰りできますか?」

「あっ、はい」

「オレも友達に教えてやろうっと」

まさかこのせいで広まったわけじゃないだろうけど、そのあと店はさらに忙しくなった。俺も準備室とテーブルの間を行ったり来たりで駆け回る。焼き菓子類もどんどん売り切れが出てしまった。

「この分だと早めに閉店になるかもしれないですね」

「今夜は打ち上げだな」

ようやく狂騒の三日間——いや、準備を含めると三週間——も終わりに近づいているかと思うと、心底ほっとする。お客の帰ったテーブルを片づけて、食器の載ったトレイを手に俺は洗い場に行こうとした。その時だった。

「高穂《たかほ》」

後ろから、いきなり腕をぐっとつかまれた。

「——」

振り返った俺は全身を硬直させた。

本当に、指先から心臓から血まで、ほんの一秒で固まった気がした。

傾いた手からトレイがすべり落ちる。載っていたグラスや食器が床に落ちて派手に割れて、金属のトレイがけたたましい音をたてた。それでようやく俺は我に返った。

「……な」

どくんとひとつ心臓が胸を内から打った。

それがスイッチになって、ざわりと血が動いた。じわじわと、首筋に頬に這《は》い昇ってくる。

「なんでこんなところにいるんだ」

自分でも驚くくらいに低い声が出た。

「捜してたんだ」

そいつは、悪びれることもなく、いけしゃあしゃあとそう言った。

「三木？」

蝶野が近づいてくる。周りの客たちも、驚いた顔で俺と相手を見ていた。

俺はつかまれていた腕を力まかせに振りほどいた。しゃがみ込んで、割れた皿やグラスの破片をトレイに拾う。その指先が細かく震えているのを見て、きゅっと拳を作って握り込んだ。

言っておくけど、震えているのは動揺とかじゃない。怒りだ。

「高穂」

「名前呼ぶなっ」

怒鳴ると、相手が少し怯《ひる》んだのがわかった。

視界に相手の靴が引っかかる。顔なんか見たくない。だから俺は顔を上げずにじっとその靴を見つめていた。泥と砂がこびりついた、黒い革のワークブーツ。よくこんな靴を履いていた。そういえばいつかも俺は、うつむいてこいつの靴をじっと見つめていた。

「……ごめんね」

「……っ」

その言葉を聞いた瞬間、血が一気に頭のてっぺんに達して、俺は反射的に落ちていたグラスの破片をつかんだ。立ち上がって腕を振り上げる。

「三木」

その手首を、後ろからぐっとつかまれた。

「それはまずいだろ。ちょっと落ち着け」

蝶野が、耳のすぐ近くで低い静かな声で言った。

「……」

沸騰したところに差し水をされたみたいだった。手を下ろして、俺は荒く胸を上下させた。でもまた底からふつふつと煮立ってくる。

目の前に立っている男を睨みつけた。変わっていなさ加減に、ますます腹が立つ。こいつの中では、時間が止まっているんじゃないかと思う。

骨ばった長身。くたくたの綿のジャケットに擦《す》りきれそうなジーンズ。白いTシャツ。まともな大人のする格好じゃない。髪も学生みたいにラフで、若白髪が目立っていた。もう若くもないけど。覚えていないほど昔から、この男は若白髪が多かった。

焦げ茶色のセルフレームの眼鏡。それも変わっていない。その奥の、草食動物みたいな優しげな目。だけどその目がどんなに冷たく遠くなるかを知っている――

「三木、手ひらいて」

強い調子の声で蝶野に言われたけど、動けなかった。

「三木！」

叱《しか》りつけるように怒鳴って、俺の右手首を持ち上げる。握った拳の間から、血の雫《しずく》がぽとぽとと落ちていた。背後から抱きかかえるようにして、蝶野はその拳を両手でむりやりこじ開けようとした。だけど俺の指は意思に反してなかなか動かない。ようやくひらいた手のひらは、握り込んでいたグラスの破片でざっくり切れていた。

床に小さな血だまりができる。

蝶野は無言で、エプロンに引っかけていたディッシュクロスで俺の手のひらをぐるぐる巻きにした。

「――秋葉さん」

そう呼んだのは、蝶野だ。その名前を耳にして、俺は殴られたようにぐらりとよろけた。背中が蝶野の体にあたる。後ろからぐっと両腕をつかまれて、それでどうにか持ちこたえた。

「あんた、こいつの父親？」

ひどく落ち着いた声で、蝶野はそう言った。

俺の手を見て放心していたような顔をしていた秋葉は、はっとして顔を上げて、何度か瞬きした。

「あ……、ああ、そうだ」

「――っ」

無意識に足が動いて、足元で割れた破片がぱきりと小さく、でも頭の中で直接割れたみたいに、鳴った。

「……離せよ」

体をねじって蝶野の手を振りほどく。秋葉が俺の方に一歩足を踏み出してきた。その体が、かくんと妙な感じに傾く。

「高穂」

名前を呼ぶ声は優しげで、俺を見る目は傷ついたみたいに悲しげで、それで俺はなんだかヒューズが飛んだみたいに頭の中が真っ白になった。

「……ねえよ」

指先ほどには、声は震えずにすんだ。

「父親なんかじゃねえよ！」

怒鳴って、踵《きびす》を返して駆け出す。ふたつの声に名前を呼ばれた。そのあと「あっ」とうめき声がする。教室の戸口のところで振り返ると、秋葉が前のめりに床にがくりと膝をついたところだった。蝶野が駆け寄っている。

（あ……）

一瞬、足がすくんだ。

だけど俺はその光景を振りきって、明るい喧騒《けんそう》の中を、ただやみくもに走った。


『まもなく午後五時をもちまして、すべての展示、催しを終了いたします。ご来場のみなさまはお忘れ物のございませんよう、お気をつけてお帰りください』

『実行委員会より連絡です。後夜祭のキャンプファイヤーは、予定通り午後六時より中庭にて開始いたします。なお、薬品類、アルコール類、花火等の投げ込みはたいへん危険ですので……』

あいかわらず明るいポップスソングの合間に時おり入る構内放送が、祭りの終焉《しゅうえん》を知らせている。

俺は人気《ひとけ》のない校舎の裏手で、木にもたれてぼんやりと座っていた。芸術学部構内なんてさっぱり勝手がわからないし、今は学祭のせいでどこも人がいっぱいだ。それでしかたなく人の少ない方、少ない方に流れていたら、こんなキャンパスの端っこまで来てしまった。

……子供みたいだ。

逃げて拗ねて、膝を抱えるしかないなんて。

あいつの前では、俺はガキみたいに拗ねるしかできない。それしか方法がない。それが本当に、本当に腹が立つ。

もうずいぶん大人になったと思っていたのに。

エプロンをつけたままだったことに気づいて、俺はそれをはずしてくしゃくしゃに丸めた。カフェを放り出して逃げてきてしまった。蝶野や他のみんなはどう思っただろう。

(そういやあいつ、なんで秋葉が俺の父親だってわかったんだろう)

知られたくなかったから、言わなかったのに。

秋葉が大学祭に来ると聞いて、嫌な感じはしていたんだ。俺がどこの大学に入ったのかくらいは母さんから聞いていたんだろう。俺に会いにきたんだろうか。捜していたと言っていた。だけどそもそも俺は芸術学部生じゃないんだから、本当だったら見つかるはずもなかったと思うんだけど。

（ちくしょう）

会うと、やっぱりこんなふうに感情を乱される。いつになったら、もっと確実な、揺るがない大人になれるんだろう。

風が冷たくなってきて、俺は肩をすくめて自分の両腕をさすった。十一月の日は短い。大急ぎで幕を下ろすみたいに、あたりはどんどん暗くなってくる。後夜祭の準備をしているらしい声が遠くに聞こえた。祭りを終えた連中が、最後の火を燃やそうとしている。

その騒がしい声からぽつりと離れて座っていると、急に、ここでは異物の自分を強く感じた。見慣れない校舎。俺とは関係のないざわめき。俺はこんなところで何をやっているんだ。だけど思い返してみれば、いつだってどこにいたって、俺は自分が異物のような気がしていた。母子家庭のせいで周囲に同情の目で見られたり、それに反発して、上手く溶け込めなかったり。線を引かれる前に自分から線を引いて、他人との間に距離を取っていた。

子供心に、俺はずっと思っていた。いつか、誰にも文句を言わせない、誰からも取り上げられない、自分だけの居場所を自分の手で作るんだ、なんて――

『だけど生きてたら、そう簡単にひとりになんてなれないんだぜ？』

頭の中で憎たらしい声が、そう言った。

（……ちくしょう）

立てた片膝に肘《ひじ》をついて、髪に手を突っ込む。

「いて」

その手に攣《つ》れたような痛みが走って、俺は顔をしかめた。

手のひらがずいぶん熱を持っている。さっきは気が立っていたせいかあまり痛みを感じなかったけど、今はずきずきと心臓に直《ちょく》に響いた。白いクロスに真っ赤に血が滲《にじ》んでいる。だけどきつく巻かれたおかげで、なんとか血は止まったみたいだった。

「それ、病院行かないと痕《あと》が残るぜ」

声と足音に顔を上げると、目の前に蝶野が立っていた。

薄暗いせいで表情はよくわからない。立ったまま、蝶野はズボンのポケットから携帯電話を取り出した。タイやベストやエプロンをはずした、バーテンダーの時の格好だ。

「あ、赤星さん？　見つけたよ。……うん。みんなに回しといて。ん、じゃ」

それだけ言って、通話を切る。

「……べつに迷子《まいご》じゃないんだから、捜さなくたっていいんだよ」

俺は片膝を抱いてそっぽを向いた。

「とりあえず消毒くらいはしとけよ。保健管理センターから借りてきたからさ」

そう言って、蝶野は俺の前にどかりとあぐらをかいて座った。手に小さな救急箱を持っている。蓋《ふた》を開けて、俺の方に片手を差し出した。

「……」

俺はその手をじっと見つめた。それから、黙って自分の右手をのせた。

「い、てて。うわ、ちょっと、そっとやれよ」

「布が傷口に張りついちまってるんだよ。ちょっと我慢しろ」

「い……っ」

ばりっと情け容赦なくくっついたクロスを剝がされる。斜めに赤い傷が走っていた。まじまじとは見られなかったけど、けっこう深いみたいだ。

「指動かしてみて。……ちゃんと全部動くか？　神経は切れてねえな。よかった」

「……」

校舎の窓からこぼれてくる薄い光の下で、蝶野はクソ真面目な顔で俺の傷の手当てをした。きっちり消毒をしてガーゼをあてて、ていねいに包帯を巻く。意外に細心な、慣れた手つきだった。

（……優しそうな指）

ヴィクターでシェーカーを振ったり華奢《きゃしゃ》なカクテルグラスを扱う時も、蝶野の手つきは繊細で優しそうだ。普段はあんなに傍若無人で、部屋なんか寝る場所もないほど散らかっているらしいのに。

すっと伸びた綺麗なラインの鼻梁《びりょう》。今は伏せられている、静かな目。いつか志田さんが蝶野のことをタラシだと言っていたけど、実際のところ、俺の知らないところでこいつに想《おも》いを寄せている女の子がいても、ちっとも不思議じゃないと思った。

（本性は見せてないんだろうけど）

　本性なんて、俺も知らないけど。

「なるべく早く病院行って縫わないと、痕が残るよ」

　うつむいたまま、蝶野が言った。

「べつに手のひらに痕くらい残ったっていいよ」

「手相が変わるな」

　蝶野は低く笑った。長い前髪がさらりと揺れる。俺の苦手な黒い硬質な目が前髪に隠れて見えないのをいいことに、俺は言った。

「おまえ、なんで秋葉が俺の父親だってわかったの」

　蝶野は顔を上げた。

「ああ、そりゃ……」

　言いかけて、何かを考えるみたいに視線を流して言葉を止める。それから蝶野は、いきなりすっと立ち上がった。

「ちょっと来いよ」

「え？」

「いいから」

俺の肘をつかんで強引に立ち上がらせる。そのまま歩き出すので、俺はつんのめりそうになってたたらを踏んだ。

「ちょ、おい、どこへ行くんだよ」

答えない。身長が高い分俺よりコンパスがありそうな脚を大きく動かして、蝶野は俺をぐいぐいと引っ張っていく。上背はあってもそんなにすごくガタイがいいわけでもないのに、けっこう力が強かった。

後夜祭が行われる中庭にもカフェを開いていたデザイン棟にも向かわず、いくつかの建物の間を通り抜けていく。すでに一般客はほとんどいなくなっていて、学生たちはみんな中庭に向かっているみたいだった。だんだんと、人の数が少なくなっていく。通り過ぎた誰かの笑い声が遠くなる。

色とりどりに飾られた構内は、人の姿が見えないとどこか非現実的で、夕闇《ゆうやみ》の中で妙にもの寂しく見えた。地面に紙吹雪やチラシがたくさん落ちて散らばっている。もう一度どこへ行くんだと訊こうとした時、蝶野は俺の腕をつかんだまま、すたすたと校舎のひとつに入っていった。なんの変哲もない、コンクリート造りの建物だ。電気はついているけど、人の気配はほとんどしない。

「何？　ここ」

訊いてもやっぱり答えずに、玄関すぐの階段を上り始める。一段飛ばしで、蝶野は疲れる様子も見せず黙々と上っていった。その体力に呆れる。俺の方はちょっと息が上がり気味だ。そのうちさすがに腹が立ってきて、俺は引きずられている腕に力をこめて蝶野を振り払った。

「いいかげんにしろよっ」

ぴたりと蝶野は立ち止まった。

ちょうど五階の廊下に着いたところだった。たぶんこの建物の最上階だ。荒い息を抑えながら、あたりを見回した。

芸術学部の建物は、本校舎にくらべてあとから増設した分比較的新しい。その階の廊下の窓は、足元まである全面の窓だった。二重になっているみたいで、もちろん開くようにはなっていない。黒いしっかりした窓枠が幾何学的にずっと奥まで並んでいる。ちょっと古めの美術館かインテリジェントビルみたいだと思った。窓の外は真っ暗だけど、どういう位置関係なのか、始まったらしいキャンプファイヤーの火が下の方に見えた。

ちょっとの間、俺はそのオレンジの火に見とれた。

きっと火の周りはにぎやかなんだろうけど、そんな音もここには届かない。ただ静かに夜の底で燃えているだけだ。

振り返った蝶野も、その灯《あか》りをじっと見下ろしていた。静かな、冴《さ》えた目をしている。ちょっと怖いような。

「……俺、キャンプファイヤーって好きでさ」

視線を火に据えたまま、蝶野がぼそりと言った。

「なんかさ、でかい火を見てると頭ん中がからっぽになるだろ。中まで全部燃やし尽くしてくれるみたいで…。何もかも燃やしちまいたいって、きっと誰の中にもある衝動なんだろうな。だから祭りのあとには火を燃やすんだ」

「……」

「でもだからこそ、あんまり近くで見てると気が違いそうでさ。本当に全部燃やしたくなりそうで、だからいつも少し離れて遠くから見てた。こんなふうに」

蝶野はなんで写真を撮るんだろう、とふと思った。楽しくて撮ってるんじゃないって言っていた。世界の断片を集めて並べて、ただ離れたところから眺めているみたいな、そんな行為。

秋葉はどうして写真を撮るんだろう。全部を捨てて、おいていって。そうまでして何が見たいんだろう。何が欲しいんだろう。

「……キャンプファイヤー見るために、ここまで来たのか？」

訊くと、蝶野は夢から醒《さ》めたような顔をした。

「いや、違う。こっち」

またすたすたと歩き出す。わけがわからずついていった俺は、途中で縫いとめられたみたいに足を止めた。

廊下のつきあたりは、ちょっとしたホールのような広い部屋になっていた。〝大展示室〟とプレートが出ている。その入り口の横に、流麗な明朝体で書かれた看板が立てられていた。

そこには、『秋葉広洋特別展』とあった。

「……やめてくれよ」

俺は半歩後ろに下がった。自分が泣き出しそうな顔をしているんじゃないかと思った。

「もうほんとに嫌なんだよ。見たくないんだよ。放っておいてくれよ」

「でもあの人、おまえに見てもらいたくてここで個展ひらいたんじゃないのか」

「……嫌だ」

うつむいて首を振る。やっぱり俺は子供だ。どうしようもないガキだ。

「三木」

蝶野の近づいてくる足音がする。すぐそこで気配がする。

あの目を思い浮かべた。黒い石みたいな、ブラックホールみたいな、レンズみたいな。蝶野の目。秋葉の目。俺を突き刺して通り越して、ずっと遠くを見ているみたいな——

立っていられなくなって、俺はすとんとその場にしゃがみ込んだ。

「……見たくないんだよ」

膝を抱いた腕の中に顔を埋める。

「見たら、きっと思い知らされる。このために俺たちは捨てられたんだって」

俺はひどく情けないことを言おうとしている。でも止まらなかった。

秋葉が家からいなくなった時のことを思い出した。

夏の夕暮れで、でもちっとも気温が下がらなくて蒸し暑くて、セミがやかましく鳴いていた。汗で髪が首筋にべったり張りついて、それがやたらに不快だった。

あいつはいつも予告なしにふらりと家を出ていった。その日もいつもと同じように大きなリュックを背負って玄関に立っていて、だけどその時小学生だった俺には、父さんはもう帰ってこないんだってことがどうしてだかはっきりとわかった。前から知っていたことみたいに。それで俺はずっと顔を上げずに、あいつの汚れた靴を睨みつけていた。

肩に置かれた母親の手が震えていた。

「あいつのせいで俺たち親子がどれだけ苦労したと思ってるんだ。俺が赤ん坊の頃から、あいつはふらふら世界中を歩きまわってばかりだった。結婚したのだって、子供ができたからしかたなくしたんだ。その頃あいつは写真で食えてなんかいなかったから、母さんはいつも働きづめだった。すごく苦労してた。なのにあいつは写真のことしか頭になくて——母さんのことも俺のことも背負いきれなくて、それでいらないものみたいに捨てていったんだ」

俺の腹の底には真っ黒などろどろしたかたまりがある。

もうとっくに冷えて固まっていたと思っていたそれが、熱を持ってふくれ上がって、喉からあふれ出てくる。苦くて、熱かった。胸が苦しくて涙が滲んだ。

「だから嫌なんだ。写真家なんて。芸術家なんて。〝それ〟しか大切じゃなくて、他のものは全部切り捨ててしまえるんだ。責任持てないなら、子供なんて作らなきゃいい。ずっと愛せないなら、ほんのちょっと愛したりなんてしなけりゃいい。捨てられた方の気持ちなんか考えもしないで……」

売れない写真家だった秋葉は、その頃知り合った国連の写真家のアシスタントになるために、母さんと別れて日本を出たらしい。そのあと独立して仕事をするようになり、いくつか国際的な賞も取って、写真家として名が知られるようになった。

(でももう関係ない。俺には関係ない)

結局、母さんも俺も、秋葉にとってはじゃまなものでしかなかったんだ。写真のために捨ててしまえるものでしかなかったんだ。捨てられた当初は子供でよくわからなかったけど、大きくなるにつれて、俺はそれを身に沁《し》みて思い知った。

だから俺はあいつのことは忘れて、父親だなんて思わないようにして、あいつみたいな人間にだけはならないように、普通に、まっとうに、堅実に生きていこうとしていたのに。

秋葉のようにはならない。あてのないものを追いかけたりしない。綺麗で不確かで夢みたいな、心をつかんで離さないものなんていらない――

「なのになんでまた俺の前に現れるんだよ……」

包帯を巻いていない方の手で髪をかき上げた。

小学生の時に出ていって以来、俺は秋葉とまともに顔をあわせたことはほとんどなかった。母さんは何度か会っていたみたいだけど。会いたいと連絡が来たこともあったけど、ずっと無視して会わずにいた。

「……」

俺が喋っている間、すぐそばに立った蝶野は、じっと黙ったままだった。身動きすらしない。やがて、頭の上の方でぽつりと声がした。

「あの人、足が悪いのか？」

俺はひくりと喉を鳴らした。

「……崖から落ちた時に骨を痛めて……治療はしてもらったみたいだけど、上手く治らなかったらしい」

「ふうん。それで動けなかったのか…」

「それにあいつ、どこのどんな土地に行っても溶け込んじゃうんだよ。それで死んでることにされてるなんて思いもしないで、気に入ってしばらく暮らしてたんだろ」

いいかげんなんだよ、と俺は吐き捨てた。

「なるほどね。それであの……」

ひとりごとみたいに呟いてから、蝶野は口調を変えた。俺に合わせてしゃがみ込んだらしく、声が近い。

「おまえ、秋葉さんの写真ずっと見てないのか？」

「見たくない」

床に向かって、俺は返した。

「見てみればいいのに。見ればすぐにわかるよ」

「何がだよ」

「いろんなことが」

肘のあたりをつかまれて、強い力で引っ張られた。

「い……やだって」

子供みたいに身をよじって、俺はその腕から逃げようとした。だけど腕は有無を言わせないほど強くて、腹の底の凝り固まっていたものを吐き出したせいでなんだか脱力していた俺は、ずるずると廊下を引きずられていった。

「ほら」

とん、と背中を押された。

ホールの中は、迷路みたいに壁が設《しつら》えられていた。左右にパネルになった写真がずらりと並べられている。押されて中に足を踏み入れた瞬間、その膨大な数の写真が否応《いやおう》なく目に飛び込んできた。

(――ひと、の)

少しの間、瞬きをするのを忘れた。

いろんな情報が――視覚だけじゃなくて、聴覚や触覚や嗅覚《きゅうかく》の情報までが、一気に流れ込んできて体が混乱して。

秋葉の写真は、圧倒的に人物写真が多かった。

さまざまな肌の色やさまざまな目の色をした、さまざまな国の人たち。生まれたばかりのような赤ん坊から、哲学者のような目をした老人まで。社会的階級も写っている場所もさまざまだ。

だけど雑誌や新聞を飾るようなスターや政治家はいない。ごく普通の、どこの国でも変わらず、生まれて生きて働いて子供を作って老いて死んでいく人たち。

ふらふらと、歩いているという自覚もなしに俺は通路に沿って歩いた。どこの国かもわからない異国の町や自然の風景が、その匂いや温度や湿度と一緒に眼前に立ち上がってくる。

その中に、人がいた。笑っている人がいる。怒っている人も、泣いている人もいる。カメラのために作られたんじゃない、一瞬の生の断片。それらが今そこで息づいているみたいに、今そこで誰かの人生が展開しているみたいに、鳥肌の立つような存在感で迫ってくる。

(圧倒される)

俺は足を止めた。拳を握りしめる。

……子供の頃からずっと思っていた。

この人の目はなんでできてるんだろう。

視神経とか角膜とか、そんな言葉じゃ追いつかない何か。たとえばテレビのニュースで同じ映像を見ていても、見えているものがまったく違う。

「すごいよな、この人。赤の他人のこんな表情、なかなか撮れるもんじゃないぜ。心に映るそのままに、誰かの記憶の中の風景みたいに、写真が撮れるんだ」

誰かの心に映った景色。

いつか誰かが見た夢。

脳の中のスクリーンをそのまま取り出して見せるみたいな――

（想いと一緒に）

それって技術じゃないんだよな、と蝶野は静かな声で言った。

目の前に、秋葉が見たままの世界がある。生々しくて、熱くて、綺麗だけどそれだけじゃなくて、強くて、でもやっぱりどこか脆《もろ》くて、きっとそれをどうしようもないほど愛《いと》しいと思っていて――……

睫毛《まつげ》が震えた。

（だから嫌だったんだ）

見ればわかる。圧倒されてしまう。

秋葉が、どんなふうに世界を見つめているのか。

「……俺、子供の頃、父さんが大好きだった」

頬を水がすべるくすぐったい感触がして、ああみっともねえな、俺泣いてるな、と思った。

「物心ついてからずっと、俺は父さんに連れられて世界中を旅してた。楽しくて、毎日わくわくして……ずっとこんな日が続けばいいと思ってた」

——世界で一番綺麗なものを探しにいこうか。

それが、あの頃の父さんの口癖だった。

夢みたいなことばかりを言う、夢を見てばかりいる父親。俺はそんな父親が大好きだった。父さんと一緒なら、どこへでも、どこまでも行けた。行けると信じていた。父さんは誰からも好かれる人で、どこの国のどんな場所に行っても人々に受け入れられた。金がなくなるとその土地で働いて、ヒッチハイクをしたり食べ物を分けてもらったりした。宿に泊まれない時はテントを張って、星を見ながらくっついて眠った。世界で一番綺麗なもの。父さんといれば、それが見られるんだと信じていた。

「だから、おいていかれた時……裏切られたような気がしたんだ」

だけど俺が小学校に上がる年齢になると、さすがに旅行ばかりしているわけにはいかなくなった。その頃から両親の間で言い争いや諍《いさか》いが絶えなくなって、父さんは俺をおいてひとりで旅に出るようになった。

「大好きだった。だから許せなかった」

俺をおいていく時、父さんはいつも申し訳なさそうな顔をしていたけど、でも前を向いたらもう俺のことなんか見なかった。遠い、ほとんど冷たいような目をしていた。

それで俺は悟った。この人にとって俺は、いてもいなくても同じなんだって。

そうしてある日、出ていったきり、秋葉は二度と帰ってこなくなった。

「もうあんなふうにおいていかれるのはまっぴらなんだよ……」

父親のことを考えると苦しくなるばかりだ。だからもう考えない。俺には父親なんていない。そうやって、ずっと生きてきたのに。

うつむいて、俺は袖口で乱暴に目元をこすった。その時、斜め後ろにいた蝶野が、唐突に言った。

「三木は大事なものがいっぱいあるんだなあ」

やけにのんびりとした口調だった。何を言っているんだこいつは、と俺は蝶野を振り返った。

「だからいつも怒ったり泣いたりしてばかりなんだな。うらやましいよ、そういうの」

「……」

……やっぱり蝶野の感覚って、どこかちょっとおかしいと思う。

「そうだ」

急に思い出したように、蝶野はまた俺の腕をつかんだ。

「こっち、来てみろよ」

ぐいぐいと引いていく。またかよ。

いいかげんもうどうでもよくなって、俺は引かれるままに展示室の通路を奥に進んだ。一番奥、つきあたりの壁の前で、蝶野は立ちどまる。

「これ、三木だろう？」

壁の真ん中の写真を指して、蝶野が言った。俺は目を見開いた。

「──」

大きな大きな、日本じゃめったにお目にかかれないような巨樹の写真だった。たしか日本じゃない。どこの国かは覚えていないけど。

その一番下の枝に、子供がひとり座っている。半ズボンの、小学生になるかならないかくらいの。大きな木だから、一番下の枝でもずいぶん高い。よくあんなところに登ったものだ。写真は見上げる構図で撮られていた。その中の子供は、片手を大きく上げて、こちらに向かって手を振っている。笑って。嫌なことや心配事なんか、何ひとつない顔をして。

──お父さん！

遠い昔の自分の声が、聞こえた気がした。

（綺麗なものを）

子供の頃、毎日のように秋葉は俺の写真を撮っていた。撮られるのが嫌いになったのは秋葉がいなくなってからだ。

「この人はさあ、きっとすごく大事にシャッターを切るんだろうな」

ぼそりと蝶野が呟いた。

「そんな感じがする」

「……」

「たとえばさ、いつか自分が死んでも」

「……死んでも？」

盗むように蝶野の横顔を見た。やっぱり静かな、よく似た遠い目をしている。硬い色をした、底なしになんでも吸い込みそうな目。

「うん。いつか自分が死んでも、この体が消えても、どうかこの瞬間に目に映っているこの景色が、このままのかたちでずっとずっと残るように——そういうふうに、写真を撮る人なんだと思う」

「……」

「俺とは違うな」

蝶野がどうして写真を撮っているのかは知らない。俺には写真を撮る人間の気持ちはわからない。だから俺は、何も答えず前を向いていた。

「子供なのよねえ」

そこにいきなり、反対側の通路からため息のような声が聞こえてきて、俺は飛び上がりそうに驚いた。

「かっ」

「高穂、あんた、大学祭があることくらい教えなさいよ」

俺を見て、叱るように言う。

ひさしぶりに会った母親は、よそいきのスーツにコサージュなんてつけて、腕を組んで立っていた。ちょっと若作りになったような……いや、綺麗になったって言うべきだろうか。再婚したばかりの、いちおう新婚だからかな。退院してから四ヶ月くらいはたっているけど、それにしても一度死にかけたとは思えないくらい元気そうだ。

「か……母さん、なんでここに」

俺は呆然と呟いた。

「だってあんたカフェなんてやるっていうし、秋葉があんたに会いにいくって言うから……そちらはお友達？」

母さんは俺の背後の蝶野に向かって、にっこり笑いかけた。

「同じアパートの住人です。こんにちは」

バーテンダーの時と同じそつのない笑顔で、蝶野が返す。こいつ、使い分けが上手いよな。

「ああアパートの。高穂がいつもお世話になっております。その声、もしかして電話に出てくれた方かしら？」

深々とお辞儀をした母さんの言葉に、俺は「電話っ？」と蝶野を振り返った。

「電話ってなんだ」

「なにって、三木がいない時に、アパートの電話にお袋さんからかかってきたんだよ。三木、携帯持ってないんだな」

「それでいろいろお話聞かせてもらって、学祭でみんなでお店やるんだって教えてもらったのよね。高穂ったら、ちっとも連絡よこさないんだから」

いろいろって、いったい何を話したんだ。俺は蝶野を睨みつけた。蝶野はそらっとぼけた顔をしている。

でも、これでどうして秋葉がカフェに現れたのかわかった。母さんから聞いていたんだろう。

「母さん、父……秋葉に会ったの？」

「会ったわよ。あんたに逃げられたってしょんぼりしてたわ。それで私も捜してたの。ここに来るかどうかはわからなかったけど」

「……」

俺がうつむくと、母さんは笑い含みのため息をこぼした。

「まあ、あんたが逃げるのも無理ないわよね……。あの人、いつまでたっても子供なのよ。どこかにまだ見たことのない楽園があると思ってるの。それでいてもたってもいられなくなっちゃうのね。家庭を持てるような人じゃなかったのよねえ……」

苦笑しているけど、どこかすっきりした顔をしている。すでに再婚して、新しい家庭を作っているからだろう。

俺はどうだろう。忘れたつもりでいたけど——本当はずっととらわれていたのかもしれない。

「高穂、秋葉はね、あんたを捨てたわけじゃないのよ」

母さんの言葉に、俺は顔を上げた。

「あの人はあんたが子供の時からずっと、本当はあんたを連れていきたがってたの。あんたも一緒に行きたがってたわよね。でも義務教育もあるし、秋葉につきあってたら、あんたの人生がめちゃくちゃになるかもしれないでしょう。だから私が連れていかせなかったの。いいかげん、秋葉と結婚生活を続けるのも限界だったしね。……でも、もうあんたが自分で選んでいい時期だわ。そういう約束だったの。だからあの人は、今日あんたに会いにきたのよ」

「え……」

「二十歳《はたち》になったら、あんたに選ばせる約束だったの。……高穂、父さんと一緒に行きたい?」

「──」

言葉が頭の中に浸透するまでに、時間がかかった。

昔みたいに、また父さんと一緒に?

身動きもできずにいると、母さんの背後で足音がした。壁の向こうから秋葉が近づいてくる。もしかしたらずっとそこにいたのかもしれなかった。

(一緒に)

右足の動きがぎこちなくて、歩く時に体が少し不自然に傾く。それを見ると胸が軋《きし》んだ。死んだと思われていた秋葉が生きていたとわかった時、どれほど安心したかを思い出した。ほっとして全身の力が抜けて、そのあと腹が立ってしょうがなかったくらい。

「高穂」

懐かしい声が、俺を呼ぶ。ずっと昔の、しあわせだった頃とまったく同じ呼び方で。本当に、笑いたくなるくらい、父さんは変わっていなかった。

「ひさしぶりだね」

秋葉はちらりと笑みを見せた。

「……」

「僕のことを怒ってると思うけど……」

気弱げに俺の顔を見る。俺は拳を握りしめた。

怒ってると思うけど、だって？

怒っている。あたりまえだ。

ずっと握っていた大きな手。離された時にどんな気持ちがするのか、離す方には絶対にわからない。

「でも僕は、高穂のことを忘れたことはないんだ。あれからいろんな場所へ行ったけど……どこへ行っても、結局僕はいつも部外者だ。いつもひとりだ。だけど高穂と一緒にいた時だけは、ひとりじゃなかったから」

「……」

子供の俺には秋葉は大きな人に見えていたけど、今こうして向かい合うと、痩せたな、という印象を受けた。もともとそうだったのかもしれないけど。

いつも見上げていた背中。大好きだった背中。

「だから、もしも君が僕を許してくれるなら……」

好きだった優しい声が言った。

「僕と一緒に行かないか」

眼鏡の向こうの、静かな目が俺を見ている。いろんなものを見て、それをそのまま受けとめる目だ。秋葉の姿と一緒に、並べられたたくさんのパネル写真が俺の視界をいっぱいにする。

『世界で一番綺麗なものを探しにいこうか』

あの頃、どんなに毎日が楽しかったかを思い出した。父さんと一緒だと、世界は驚きと輝きに満ちていた。見渡す限りの平原に沈む大きな夕陽《ゆうひ》も、南十字星が瞬く夜空も、今でもその感動と一緒に俺の身体の奥深くに刻み込まれている。

（でも）

圧倒的な存在感で迫ってくる写真。

綺麗だけど。心を動かすけど。凄いけれど。

——でもこれは俺の見たい景色じゃない。

ここにあるのは、秋葉が見た景色だ。

秋葉の目のフィルターを通した、秋葉の旅の過程。何かを探す旅の。

母さんの言葉を思い出した。まだ見たことのない楽園。

それを秋葉が見つけられるかどうかは知らない。そんなものは存在しないかもしれない。

それとも探し続けることこそが、秋葉の楽園なのかもしれない。

だけどそれは俺が探しているものじゃない。

（べつに自分が何かを探してるなんて思っちゃいないけど）

だけどもう小さな子供とは違う。まだ大人にはなれていないけど、それでも手を引かれて歩くには、足が丈夫に育ちすぎた。

欲しいものが何かなんて、俺にはまだわからない。芸術学部の連中みたいに、それが見えているわけでもない。

でも、他人の楽園じゃ嫌だと思った。それじゃあやっぱりつまらないだろう。

「俺、行かない」

目を見て言うと、秋葉はひどく悲しそうな顔をした。

それを見て、俺が子供の頃の思い出を忘れられなくて怒っていたのと同じように、この人はこの人で、子供だった俺との時間をすごく大切にしていたんだろう、とふと思った。

「だって大学だって途中だし。いまさら俺が行ったってしょうがないだろ」

「そう……そうだね」

目を伏せて、叱られたみたいにしゅんとしてしまう。まったく、しょうがないな。

しょうがない人だな。

「この写真さ」

大きな木と男の子の写真を、親指で指した。

「俺だろう?」

秋葉は何度か瞬きしてから、頷いた。

「そうだよ。僕の宝物なんだ。よく撮れてるだろう？　高穂のいる大学だから、これを展示しようと思って。初めて人前に出したんだ」

何が宝物だ。内心で舌を出しながら、俺はそのパネルに手をかけた。持ち上げてみると、わりと簡単にはずせる。両手でそれを壁から取りはずした。

「これ、俺にくれない？」

秋葉は不思議そうに首を傾げた。

「いいけど……」

けっこう大きなそのパネルを脇に抱える。歩き出すと、どこ行くのよ、と母さんの声がした。

「ついてきてよ」

振り返って言うと、母さんと秋葉は顔を見合わせた。それから二人して、黙って俺の後ろを歩き始める。一番最後を、他人事の顔した蝶野がついてきた。

校舎を出て、廊下の窓から見た時の位置からしてこっちだろうと思う方向にずんずん歩く。いくつか建物の角を曲がると、ようやく中庭に出た。

中庭は後夜祭の真っ最中だった。構内放送じゃなくて持ち出したスピーカーで音楽を流していて、広場の中央でばかでかいキャンプファイヤーが燃えている。

中学生の時に林間学校でやったキャンプファイヤーよりも、ずっと大きい。その周辺では、芸術学部生たちが思い思いの格好で座ったり寝転んでいたりしていた。たいがいが酒や食料を持ち出して宴会を始めている。炎の照り返しで、みんなオレンジ色に染まっていた。酔っぱらって歌ったり踊ったりしている集団もある。

「あっ、三木ちゃーん。こっちこっち」

横手から元気のいい声がした。そちらに顔を向けると、手を振っている赤星さんに、志田さん、響川さん、壬生沢くんも揃っている。

「今、お店の残り物で打ち上げやってるのよお。早く三木ちゃんと蝶野ちゃんもまざって。あら、そちらはどなた？」

パレス・シャングリラ五反田の面々は、少し離れた植え込みの木の根元に陣取っていた。芝生の上にテーブルクロスを敷いて、その上にカフェの残りらしい食べ物や酒を並べている。当然のように、すでに出来上がっているらしい。

「俺の両親です」

そう返すと、赤星さんは目を丸くした。

「あらっ、それはそれは……。三木ちゃんにはいつもお世話になってます」

赤星さんと母さんがぺこぺことお辞儀をし合う。なんだか変な感じだ。

「じゃあ、せっかくですからお父さまとお母さまもご一緒に」

「気にしなくていいですから」

言ってそのままキャンプファイヤーに向かうと、後ろの三人もついてくる。背後で「あれ、秋葉広洋のような気がするんだけど……」と志田さんの声がした。

炎に近づくと、熱い空気が顔に吹きつけてきた。前髪がふわりと浮き上がる。木の爆ぜる音と、それが火の中で崩れる音が聞こえてきた。赤とオレンジの炎は、次々とかたちを変えながら生き物みたいに踊っている。

こんなに大きな火を見るのってひさしぶりだ。コンロやライターのそれとは違う、一歩間違えたらたちまち制御できなくなりそうな火。見ていると、胃のあたりがぞくぞくと疼《うず》いた。畏怖《いふ》と、それから何かの期待で。

何もかも燃やしてしまいたくなる。

周りを囲んだ学生たちが、歓声をあげながらいろんなものを火の中に放り込んでいる。チラシの束や、展示に使った飾りや、解体した看板や。学祭のために作ったそれらのものを、キャンプファイヤーの火で景気よく燃やしてしまうのが、後夜祭の常らしかった。

「あっ、三木……」

背後で蝶野が声をあげた。

その声と同時に、熱くてこれ以上近寄れないってとこまでキャンプファイヤーに接近していた俺は、両手で振り上げたパネルを勢いよく火の中に投げ込んだ。

「あっ」

秋葉が叫ぶ。

投げ込んだ瞬間、パネルのせいか風が吹いたせいか、炎の勢いがぶわっと増した。熱風に煽《あお》られて、俺は顔をそむけた。

手をかざして火の方を見る。夜気の中に、きらきらと粉雪みたいに火の粉が舞っていた。煙が風に巻かれて夜空に昇っていく。パネルは炎に呑まれてすぐに見えなくなった。バキッと折れるような音がする。

しばらくの間、俺はその火をじっと眺めていた。

「あー、すっきりした」

振り返ると、両親と蝶野だけじゃなくアパートの住人たちまで、呆気《あっけ》に取られた顔で俺を見ていた。

「た……高穂」

秋葉が一歩近づいてくる。

「やっぱり僕を許せないのか？」

「え？」

炎に照らされた秋葉の顔は、なんだか呆然としていた。俺は腕を組んでちょっと考えた。

「うーん、そりゃまあ怒ってたけど……でも、それはもういい」

自分でも意外なくらいあっさりと、そう言えた。パネルを燃やしたことで、俺の中に凝り固まっていたもう不要の感情まで、きれいさっぱり燃えてしまったみたいだった。なんだかやけに清々《すがすが》しい気分だ。

「それより俺、写真撮られるの嫌いなんだよ。写真を撮られて、それを思い出にされて大事にされるのなんて、まっぴらだ」

「……」

秋葉が何か言いかける。でも、言葉が出ないみたいだ。すると次の瞬間、唐突にはじけるような笑い声がした。

蝶野だった。いつかと同じように、天を仰いで、肩を揺らして、すべてをはじき飛ばすみたいに笑っている。よく通る、明るい笑い声。みんな驚いてそっちを見た。

「三木ってほんと、おもしれえなあ」

なんなんだ。憮然《ぶぜん》としていると、毒気を抜かれたような顔をしていた秋葉が、俺に視線を戻した。はにかむように小さく笑う。

「それは時々会いにきてもいいってことかな」

俺はそっぽを向いた。

「……都合のいい解釈だけど、勝手にすれば」

「ありがとう」

目を細めて、秋葉は微笑《わら》った。俺はまだ馬鹿笑いしている蝶野の腕をつかんだ。

「いつまで笑ってんだ。打ち上げやるぞ」

「えっ、ああ」

「じゃあね、父さん、母さん」

突っ立ったままの二人に言うと、母さんはにっこり笑って俺に片手を上げた。秋葉は少しの間とまどったような顔をしていたけど、やがて母さんにならって俺に手を上げた。

蝶野を引きずって、固まって立っていたアパートの住人たちのところに行く。

「赤星さん、打ち上げやろう。あ、俺、さっき食器割っちゃった。ごめん」

ぱちぱちと瞬きしてから、赤星さんは笑った。

「大丈夫よ」

「工芸学科の人に謝っておいてください」

「ええ。でも、うちのカフェで使って宣伝したおかげで、買いにくる人が増えたって喜んでたわよ」

「そういえば、売り上げってどうだったのかな。テレビ買えそう?」

これには、いつのまにか会計係になっていた響川さんが答えてくれた。

「まだちゃんと計算してないけど、経費を差し引いても、目標額は楽にクリアしてると思う」

「へえ。やった」

「三木ちゃん、がんばったものね。功労賞ものよー。さっ、みんなで乾杯しましょう」

　総勢六人で、宴会の場を囲む。赤星さんの合図で乾杯をして、ビールを飲み干したあり冷たくなかったけど、渇いた喉にキュッと沁みる。やけにうまかった。

「ねえねえ三木ちゃん、聞いて。あたし、コンテストで審査員特別賞もらったの」

「へえ！　すごい。おめでとうございます」

「ふふ。ありがと。あたし葛城ハジメのファンだから、すっごい嬉しいわあ」

「赤星さんのデザイン、すげえゴージャスだったよなあ。羽根の飾りとかついててさ」

「テーマは〝飛翔《ひしょう》〟よ」

「まんまじゃん」

　みんな笑った。俺も笑った。

「壬生沢くんとこの映画はどうだった？」

「まかしてくださいよ、三木さん。大人気ですよ。だけど涙と感動を交えたスペクタクル超大作だったんですが、観客がなぜか笑いっぱなしで」

「あはは。俺も見たかったなあ」

　中庭の真ん中では、キャンプファイヤーの火がますます勢いよく燃えさかっている。その火の中で、いろんなものが次々と燃やされていた。あの立派なゲートまで。ゲートが火に投入された時には、中庭全体からどよめきと、なぜか拍手が起きていた。

　あれだけ綺麗に、趣向を凝らして作られたさまざまなものが、たった三日の役目を終えて跡形もなく灰になっていく。祭りの最後を飾る、華々しい火。学生たちの歓声と明るい音楽と、達成感とほんの少しの寂しさが、どこか甘い匂いのする夜の空気の中を流れていく。

大学祭なんて、関係ないと思っていた。カフェなんて、めんどくさいと思っていた。

(でも、こういうのも悪くないかな)

めずらしく俺はちょっと酔ったみたいだった。みんながやたらと飲ませるからだ。

後夜祭の馬鹿騒ぎは、その日の夜遅くまで続いた。


後日、アパートの居間には新しいテレビがやってきた。しかも激安セット販売のビデオまでうやうやしく置かれ、パレス・シャングリラ五反田の生活水準は、一気に向上した。

さよならを教えたい——春

二〇　ろま

約束をしよう。

いつかここで。この場所で。

もう一度君に会いたい。


電車の音と振動で目を覚ますと、世界が終わっていくような気がする。手を伸ばす。ぬるい体温と同じ温度になった、くしゃくしゃのシーツ。少し硬めの髪が指先に触れる。

薄いカーテンの向こうはまだ暗かった。外を走るのは始発電車だろう。傍らの人影は起きる気配もなくぐっすりと眠っている。夜の間もつけっ放しにしている小さな黄色い電球の明かりの下で、こちらを向いた顔をじっと眺めた。

振動の中で目を開けると、いつもこの人がいる。まるで怒っているような、厳しい表情を浮かべた顔。寝顔は誰《だれ》でも無防備なはずなのに、彼は眠っている時の方が休まらない顔をしていた。起きている時はたいがい余裕そうな笑みを唇に貼《は》りつけているのに。

何か怖いことがあるのかな。そう思った。

そうならいいのに。

だって自分が怖いから。

怖がっている人が二人いたって怖くなるわけじゃないけれど、せめて自分ひとりじゃないって知ることくらいはできるだろう。

ゆるまない表情のままの彼に、そっと身をすり寄せる。寝息がこめかみに落ちる。

音と振動はいったんやんで、しばらくしてまた始まった。安い工法で建てられた線路脇《わき》の古いアパートは、電車が通るたびに冗談みたいによく揺れた。裸の肩が寒そうで、毛布を引き上げる。まだ春とは名ばかりで、朝晩はかなり冷え込んだ。

少し湿った布団《ふとん》。陽《ひ》に焼けた畳。殺風景な部屋の中でこうして振動を感じていると、建物が土台からさらさらと砂のように崩れていっている気がする。床が崩れて、壁が崩れて、自分たち二人も爪先《つまさき》から崩れていく錯覚。

その想像はなんだかやけに楽しかった。そういう終わり方は、優しい感じがする。きっと苦しくないだろう。

もう一度眠るタイミングを逸したまま、振動を増幅して揺れる壁のカレンダーをぼんやりと眺めた。数字の3の色は赤。眼鏡《めがね》をかけた官房長官が気の抜けた音の新元号を発表してから、もうすぐ三ヶ月だ。まだ耳に慣れない『平成《へいせい》』の名前の中、それなりに世間は新しい時代を受け入れつつあったけど、この古いアパートの部屋は何も変わらない。新しいことなんて何もない。

変わらない。ずっとそうだといいと思う。

こうやって彼の身体《からだ》を感じて振動を感じて。

そうしてそのまま世界が終わってしまえばいいのにと、毎日そんなことばかりを考えていた。


子供の頃、美延皐月《みのべさつき》の世界では人に植物が生えていた。

いつもそう見えるわけじゃない。それは夜に見る悪い夢が沁《し》み出してくるみたいに、時おり皐月の世界を侵した。

知らない人がたくさんいて怖いなと思っていると、人の群れが森のように葉をざわめかせ始める。お面のように白い顔と真っ赤な唇をした女の人に話しかけられた時は、その赤い口から赤い花が生えてきた。人によって草や花の種類は違って、さわさわと動いたりする。それはとても奇妙で怖くて、時には不思議に綺麗《きれい》で、自分が起きているのか眠っているのかわからなくてじっと見つめていると、名前を呼ばれて瞬《まばた》きしたとたんに消えたりした。

どうして草が生えているのとか、あの人の花は枯れそうだとか、言うたびに周囲の大人は困惑した顔をした。皐月が知っている数少ない言葉で一生懸命説明しても、彼らは皐月が何を言っているのかわからないらしい。

そのうちに、やっと気づいた。

みんな、あれが見えないんだ。見えるのは僕だけなんだ。

それはとてもよくないことらしい。子供心に、皐月はそう悟った。だって見えるものを口にするたびに、普段は優しい母親が、嫌なものを見るような目をするから。

もっと小さな頃はぬいぐるみと喋《しゃべ》ったことを話すと母親はにこにこと聞いてくれたのに、小学校入学が近づく頃になると、不安げな顔で父親に訴えるようになった。やっぱりひとりっ子だから寂しいのかしら。一度お医者さんに診《み》せた方がいいと思う?

父親はいつも忙しい人で、あまり家にいなかった。がんばってお仕事をしているのよ、と母親は言う。だからめったに遊んでくれなかったけど、きっと偉い人なんだろうと皐月は思っていた。

「小学校に入って友達ができれば、そんなことも言わなくなるさ」

父親はそう言って、母親の訴えを取り合わなかった。

皐月の家はごく普通のサラリーマン家庭で、長く団地に住んでいた。規模の大きな公団住宅で、高台に大きな箱のような建物がいくつも並んでいた。その中にさらに小さな箱がぎっしりと詰まっている。母親は専業主婦で、その入れ子の箱のような世界からあまり外に出ることがなかった。

母親は結婚して子供を産んでも、どこか頼りない少女のような人だった。線の細い外見と同じように神経も細く、皐月はその細面で色白の母によく似ていると言われている。ひどく心配性で、ほんのちょっと熱が出たり軽い怪我《けが》をしただけで、皐月はすぐに病院に連れていかれた。

「お願い。おかしなことは言わないで。皐月は普通の子よ。みんなと同じ、どこも変わったところのない子よ。そうでしょう？　あんまりママを困らせないで」

目に見える異様なものを口にするたびに、母親は泣き出しそうな顔でそれを止めた。

彼女は〝普通〟にひどくこだわった。団地の主婦仲間からいろいろな情報を仕入れては、皐月がそれとは違う、足りない、といちいち不安がる。実家に電話をして長々と相談することもよくあった。そのたびに、母親は「私のどこがいけないのかしら」と嘆く。皐月はそれを隠れて聞いていた。彼女にとって、息子が少しでも〝普通〟と違うことは、彼女自身の罪であるらしかった。

だから、しだいに皐月は口を噤《つぐ》むようになった。

見えているものを口にしちゃいけない。見える方がおかしいんだから。自分は悪い子だ。自分がこんなだから、お母さんを困らせる。

その母親のか細い神経をずたずたにする出来事が、七歳の八月に起きた。

暑い日だった。皐月は手を洗いたいなと思っていた。溶けたアイスクリームが手首まで垂れて、べとべとだったからだ。

皐月はその日、母親と一緒に大きなデパートに来ていた。買い物をしたあと、母親は皐月を連れて屋上に上がった。デパートの屋上には売店がいくつかあって、子供を遊ばせる施設があった。コインを入れるとがたがたと動く遊具や、内部がトランポリンになった巨大なビニールの怪獣や。そこでソフトクリームを買ってもらって舐《な》めていると、母親が誰かに声をかけられた。

学生時代の友人らしかった。ひさしぶりに会ったらしく、母親は明るい声をあげている。相手は皐月より少し年上の娘を連れていて、「遊んでもらいなさい」と皐月はその子のところに押し出された。

その女の子は、皐月にはまるで興味を示さなかった。子供向けの遊具をバカにした顔で眺め、親たちから少し離れたベンチに座って本を読み始める。皐月はソフトクリームを舐めながらひとりで屋上をぶらぶらした。

夏の太陽の強烈な陽射しに熱せられて、屋上の景色はやけに白っぽく見えた。ひなたにずっといると汗が伝って、頭がぼんやりとしてくる。白いコンクリートの上で空気がゆらゆらと揺れて景色が滲《にじ》んでいた。

コーンを食べてしまって巻いてあった紙を捨てたあと、皐月は途方に暮れた。溶けたアイスで手はべとべとだ。屋上に手洗い場は見当たらなかった。遠くの母親は話に夢中になっている。皐月はトイレを探そうと屋上を出た。

　夏休みのデパートはひどく混んでいた。屋上から下りた最上階は本屋やおもちゃ売り場のあるフロアで、大人と子供でごった返す中を皐月はうろうろと歩きまわった。なかなかトイレが見つからない。ようやく見つけて手を洗って出てくると、今度は屋上への階段がどこにあるのかわからなくなった。人がたくさんいるところは苦手だ。だんだん不安になってくる。早くお母さんのところに戻らないと。そう思った、その時だった。

「どうしたの？」

　声は、優しかった。

　高い位置から話しかけてから、相手はしゃがみ込んで皐月と目線を合わせた。大人の男の人だ。父親よりも若い。だけど顔より姿格好より、皐月はその男の〝花〟に目を奪われた。

　黒い――真っ黒な花だった。それは男の肩のあたりから生えていた。茎が首を絞めるように一周して、左目の上あたりで大きなつぼみを作っている。猫の頭ほどもあるそのつぼみは、先端が少しだけめくれ上がっていた。花びらはしっとりと艶《つや》やかで、ベルベットのような漆黒の光沢があった。

　こんな大きな、そしてこんな色の花を見るのは初めてだった。皐月は花の種類をそれほど知らないから、自分に見える人から生えている花が、花屋にもあるものなのかどうかはわからない。だけどその男の花だけは、きっと現実のものじゃないと思った。こんなに綺麗でこんなに怖い花は、たぶんあっちゃいけないものだ。

「迷子《まいご》？　お母さんかお父さんは？」

花が喋る。皐月は魅入られたようにそれを見つめていた。この花が咲きひらいたら、いったいどんなに綺麗だろう。

「……黒い花だ」

皐月は無意識に呟《つぶや》いた。言ってはいけないことだというのは忘れていた。男は首を傾《かし》げる。

「え？」

「お兄さん、黒い花が生えてる」

「……」

男は目を見開いて、まじまじと皐月を見た。それから、ぐっと顔を近づけてくる。内緒話の声音で囁《ささや》いた。

「君、それが見えるの？」

頷《うなず》くと、男の薄い唇がすうっと笑んだ。

それと同時に黒い花が揺れて、つぼみがさらにほころんだ。花びらの先からむせかえるような芳香がこぼれ落ちる。きつい甘ったるいその匂《にお》いに、皐月は眩暈《めまい》がした。視界が回る。ぐらりと体が揺れてとっさに伸ばした手を、黒い花の男がつかんだ。

男は皐月を車に乗せた。気持ちが悪い、うちに帰りたいとぐずる皐月に、家に連れていってあげるよと繰り返す。とても優しい声で。

黒いつぼみは三分ほどほころんだところで、止まった。甘い香りはいくぶん穏やかになって、今は薄く男の周りに漂っている。だけどその香りは、皐月の意識に霞《かすみ》をかけ、吐き気を伴う眩暈を断続的に起こさせた。体をまっすぐにしていられない。皐月が酒を知っている年齢なら、酔ったみたいだと表現しただろう。

そのせいか、花の幻はなかなか消えなかった。――いや、この香りだって幻なのだ。他《ほか》の人には見えないという事実や、母親が人に相談する時の言葉から、皐月は自分が見ているものはもしかしたら自分自身で作り出しているのかもしれない、とおぼろげに感じ始めていた。そう言葉にして明確に思ったわけではないけれど。

あれは、皐月の中の暗いところから這《は》い出して、それに似ている人にとりついて皐月に見せつけるのだ。

世界はこんなにも怖いんだと。

男は声も、うずくまっている皐月を時おり撫《な》でる手つきも優しかったけど、全身からゆらゆらと孤独と絶望を立ち昇らせていた。熱せられたコンクリートの上の陽炎《かげろう》みたいに。それは孤独という言葉も絶望という言葉も知らない皐月を、一瞬でからめとった。綺麗な黒い花の姿と香りで。

「ちゃんとうちに帰してあげるからね。怖がらなくていいからね。……お願いだ。僕を怖がらないで」

男の声は哀願するような響きを帯びた。

「少しだけ、僕と一緒にいてくれないか。ほんの少しだよ。すぐに終わる……」

すぐに終わるから、と男は何度も繰り返した。

ずいぶん長い間車で連れまわされたあと、皐月は男の部屋に連れていかれた。

古びたマンションの一室で、他に人はいないらしかった。殺風景な部屋で、少し埃《ほこり》っぽい。黒いパイプベッドと小さな机と椅子《いす》、低いテーブル。家具はそれだけだ。本や衣服や、何かを書き散らしたような紙があちこちに散らかっている。枯れて変色した観葉植物の鉢がベランダにいくつも並べられていた。

何か食べさせられたようだけど、皐月はそれをほとんど受けつけなかった。全部戻してしまい、ぐったりと男のベッドに横たわる。シーツは不潔な感じはしなかったけど、父親とは違う整髪剤の匂いがして、皐月はますます気分が悪くなった。

部屋はそのマンションの最上階にあった。クーラーがなくて、とても蒸し暑い。風の強い日で、窓を開けているとクリーム色のカーテンがばたばたと暴れた。その乾いた音は、まるで世界に男と皐月しかいないような錯覚をもたらした。

「……うちに帰らないと。きっとママが心配してる」

「ねえ。僕に咲いている花はどんなだい？　教えてくれないか」

皐月の言葉を無視して、ほとんど明るいような口調で男は言った。教えたら、帰してもらえるかもしれない。そう思って、皐月は口をひらいた。

「……真っ黒で、大きな……つぼみ」

「つぼみ？」

皐月は頷いた。

「少しだけ、ひらいている」

「へえ」

男がベッドの上に身を乗り出してきたので、皐月はずるずると後ずさった。すぐに壁にぶつかって、両膝《りょうひざ》を抱いてうずくまる。

「それから？」

男が覗《のぞ》き込んでくる。皐月はおそるおそる顔を上げた。

男にはやっぱり黒い花が生えているように見えた。花の先がこちらを向いている。薔薇《ばら》のように、幾重にも重なった花びら。夜のように深い黒。一度見てしまうと、どうしても目が離せなくなった。

そうだ。初めて見た時に思った。これが咲いたら、きっとどんなに——……

「それから……すごく、綺麗」

　男はうっとりと笑った。

「君みたいな子に会えて嬉《うれ》しいよ。ずっと探してたんだ。だってひとりで行くんじゃ寂しすぎるものね」

　男は急に上機嫌になって、部屋の中を歩きまわり始めた。まるで憑《つ》かれたようにべらべらと喋りまくる。

「僕も子供の頃はいろんなものが見えたよ。とても不思議なものが。あの頃、世界は今よりずっと輝きに満ちていた。残念なことにもうあまり覚えていないけどね。どうして忘れてしまったんだろう……ああそうだ。一度、天使を見たよ。白い服を着て、白い翼があって、手のひらにのるくらい小さいんだ。とても綺麗だった。大人は誰も信じてくれなかったけどね。僕はたしかに天使を見たんだ」

　男が動きまわると花から甘い香りが撒《ま》き散らされて、少しずつ部屋に沈澱《ちんでん》していった。男は明かりをつけなかったので、次第に部屋の中に夕闇《ゆうやみ》が忍び寄ってきた。暗い部屋の底に甘ったるい匂いが溜《た》まる。溺《おぼ》れそう、と皐月は思った。

「だけど大人になると、そんなものはみんな消えてしまうんだ。つまらない。なんてつまらないんだろう。目に見えるのはがらくたばかり。世界はがらくたでいっぱいだ。がらくたを生産して、がらくたを消費して、がらくたを食べて、がらくたのために騙《だま》し合ったり殺し合ったりして……つまらない、くだらない世の中だ。こんなところ、いつまでもいたってしかたがない。――僕はもうたくさんだ」

歩きまわっていた男はぴたりと静止した。

ベッドの壁際で膝を抱えている皐月を見下ろす。匂いに酔いながら、皐月はぼんやりと男の顔を見上げた。黒い花は暗い部屋の中で、不思議に艶やかな光沢を放って見えた。

「……最後に君に会えて嬉しいよ」

このうえなく幸福そうに、男は笑った。

「きっと君と僕はよく似ているんだよ。そう思わないかい？　僕たちは互いに呼び合っていたんだ。最後のその瞬間に、僕の花はひらくに違いない。ああ、きっとそれはとても綺麗だろうな。僕に見えなくて残念だ。でも大丈夫。君が見ていてくれるものね。僕たちはそのために出会ったんだ。僕はひとりで行くんじゃない」

ぶわりとカーテンがふくらんで、なまぬるい風が皐月の頬《ほお》を撫でた。部屋中に散らかった紙片が舞い上がる。

男は近づいて、皐月に片手を伸ばしてきた。魅入られたように見つめている皐月の視線の先で、また花びらが少しひらいた。こぼれる芳香がさらさらと粉のように降る。それは皐月の膝や腕の上に落ちて、肌の上で燐粉《りんぷん》のように白く光った。

むせかえるような、甘い香り。

「見ていてくれ。僕の最後の——……」

指先が首筋に触れた瞬間、世界が墜落するような真っ黒な眩暈がして、皐月は何もわからなくなった。


あとで大人たちにどんなに訊《き》かれても、皐月はその後のことは何も覚えていなかった。

皐月は一一〇番通報によって保護された。通報で警察官がマンションに急行すると、皐月は部屋の真ん中で床に横たわって気を失っていたという。外傷は何もなかった。ただ風呂場《ふろば》に夥《おびただ》しい量の血液が流れた跡があり、その血を流したと思われる部屋の住人は、どこにも見当たらなかった。通報をしたのは住人本人らしい。真昼のデパートで連れ去られてから、丸一昼夜がたっていた。

そういった詳細を皐月が知ったのは、中学生になってからだ。両親に隠れて、地元の図書館で過去の新聞を調べた。男のマンションの住所は皐月の家と同じ都内で、ずいぶん遠くまで連れていかれた気がしていたけど、実際は車は都内をぐるぐる回っていただけらしい。男は未成年者略取の疑いで指名手配されていたが、続報は見つからなかったのでつかまったかどうかはわからなかった。

新聞には男の顔写真も掲載されていた。だけど皐月は花ばかり見ていて男の顔は覚えていなかったので、その粒子の荒いモノクロの小さな写真を見ても、知らない人にしか見えなかった。

事件のあとかなりの期間、母親は皐月を片時も手元から放そうとしなかった。保護された病院にかけつけてきた時の母親の取り乱しようを、皐月はよく覚えている。母親は皐月の名前を繰り返しながら、震える腕で痛いくらいに皐月をかき抱いた。目は真っ赤で唇は血の気をなくし、たった一日とは思えないくらい憔悴《しょうすい》しきっていた。

警察の事情聴取も思い出させるからと嫌がって、もちろん犯人のことは何も教えない。皐月を一歩も外に出そうとせず、小学校にも通わせず、ほんの数分姿が見えなくなっただけで狂乱して探しまわった。そんな状態がしばらく続き、父親は母親と皐月の両方をカウンセリングに連れていった。

皐月は『カウンセリング』があまり好きじゃなかった。『先生』という人は優しそうな女の人だったけど、どうして知らない人と何十分も一緒にいて、話したりゲームをしたりしなくちゃいけないのかわからない。「先生は皐月が怖い夢を見ないようにしてくれるんだよ」と父親は言ったけど、それならやっぱり、あれは見えちゃいけないものなんだ、と思った。黒い花のことを話したら、先生は皐月を悪い子だと言うかもしれない。

だってあれは、皐月だから見えたものなんだから。

皐月が呼んだんだから。

「君と僕はよく似ているんだよ」

その言葉はべったりと貼りついて剝《は》がれないシールのように、皐月の心に印をつけた。

皐月はカウンセラーに花のことは何も話さなかった。それ以外は訊かれたことには素直に答え、男に連れていかれた時のことは、デパートの人混《ひとご》みで気分が悪くなった、ずっと具合が悪かったので男が話したことはあまり覚えていない、ひどいことはされなかった、と警察にしたのと同じ話を繰り返した。皐月はおそらく周囲からは事件の前となんら変わりないように見えただろう。そのうちに母親も落ち着いて、皐月は元通り小学校に通えるようになった。

カウンセリングで行われた退屈なゲームのうちで、ひとつだけ役に立ったことがある。絵を描くことだ。丸や三角が印刷された紙を渡され、好きなように手を加える。家にしたり、山にしたり。「なんでも心に浮かんだものを、好きなように描いてね」と言われることもあった。先生は決まってあとで「この絵はなあに？」と訊いてくる。先生の前では、皐月は本やテレビで見た風景や、動物園で見た動物を絵にした。

そうして家に帰って、図工の時間に使うスケッチブックに、たくさんの植物を描き散らした。人から生えている植物。今まで見た、いろんなかたちの葉。いろんな色の花。それから男に咲いていた綺麗な黒い花。

（あれは怖いけどとても綺麗だった）

花を絵に描くと、そうするごとにそれが自分の中から消える気がした。紙に乗り移るんだ、と思った。両親に隠れて夜中に何枚も何枚も、黒い花の絵を描いた。描き上がるとそれをびりびりに破って、学校の焼却炉で燃やした。スケッチブック十冊分を黒い花にして燃やした頃、ようやく皐月は夜の夢でその花を見ることがなくなった。事件から、一年ほどがたっていた。

今はもう、人から植物が生えているのを見ることはほとんどない。たまに何か怖いものを見たり、頭の中が何か得体の知れないものでいっぱいになると、それを絵に描いた。描いた絵はすべて燃やす。そうやってなんとか生きていくすべを、皐月は覚えた。

そして高校二年の冬に、屋敷《やしき》に会った。

屋敷了《りょう》はクラスメイトだった。だから、冬になってから初めて会ったわけじゃない。だけど皐月はそれまで屋敷の顔と名前は知っていても、本当の意味で会ったことはなかった。それは他のクラスメイトも同じだったけれど。

皐月には、ずっと友達らしい友達はいなかった。小学校時代、誘拐事件の被害者というレッテルを貼られた皐月は、クラスメイトたちや教師たちから腫《は》れ物にさわるように扱われた。遠巻きにされてひそひそと噂話《うわさばなし》をされることもよくあった。もともとおとなしくぼんやりとしていることの多かった皐月は、事件のせいでさらに孤立するようになった。

中学でも同じだった。同じ小学校から進んだ生徒たちからあっという間に噂は広がって、年齢が上がった分、時にそれは下卑た響きを帯びた。「変態男に変なことされたんだって」というセリフを皐月は聞いたことがある。話していた女の子たちは皐月の姿を見たとたん、気まずそうな顔をしてそそくさといなくなった。

皐月はそれでかまわなかった。あまり人と深く関《かか》わらない方がいい。じゃないと時々怖いものを見てしまう。関わってはいけない。じっと見つめてはいけない。皐月にとってクラスメイトたちは、周りでざわざわと揺れている色のついた影のようなものだった。

だけど、屋敷は違った。

屋敷は目立つ男だった。長身に、目鼻立ちのはっきりした整った顔。成績は常に上位で、何をやらせても人より上手くこなした。要領がよく快活で、集団の中で抜きん出て垢抜《あかぬ》けて見えた。

そして、屋敷はそれを謙遜《けんそん》しなかった。自分に魅力があることを知っていて、他の人間とは出来が違うことを自覚している。したたかで自信に満ちていて、強引で、時には傲慢《ごうまん》なその態度は、多くの相手を魅了した。少し乱暴な物言いに女の子たちは眉《まゆ》をひそめて反発するふりをしながら、たいていは彼を憎からず思っていた。

それでも皐月は彼を特別視していたわけじゃない。目立つから名前は知っていたけど、それだけ。冬までは他のクラスメイトたちと同じ、皐月にとっては混沌《こんとん》とした世界の中のひとつの色に過ぎなかった。

「それ、何？」

それが、最初にかけられた言葉だった。

母親似の顔のせいで小さな頃は女の子に間違えられたこともあったけど、中学を卒業する頃から背も伸びて、皐月の体はそれなりに成長していた。だけど筋肉はなかなかつかない。いつもひとりでいるので周りからは暗いと評されていて、クラスの中心的存在だった屋敷と口をきいたことはそれまで一度もなかった。

美術室だった。皐月はよくひとりで絵を描いていたけど、クラブには入っていなかった。絵はひとりで描く方がいい。あまり人に見せたくない。だけど選択授業は美術と音楽の二種類しかなくて、音楽が苦手だった皐月は、消去法で美術の授業を取っていた。

皐月はその授業で初めて、油彩という手法を覚えた。それまでひとりで絵を描きながら、パステル、水彩、アクリル絵の具といろんな画材を取り入れてきたけど、油絵の具は扱いが難しそうでまだ使ったことがなかった。その基礎を、静物を題材にした授業でひととおり学習した。

油彩の奥深さとその表現の幅は、たちまち皐月を惹《ひ》き込んだ。色をぼかしたり薄めたりする水彩の繊細な表現もおもしろいけど、皐月にとって水彩が頭の中にあるものをなるべく忠実に写し取ろうとする作業なら、油彩は世界をまず底から作っていく作業に思えた。まるで違う絵にしてしまうみたいに大胆に色を塗り重ねながら、最後に仕上がった時には、隠された下の色がたしかにその世界を形作る色のひとつになっている。日々様相を変えながら厚みを増していく画布を前に、皐月は新しいおもちゃを与えられた子供のように夢中になって筆を動かした。

皐月の通っていた高校に美術部はあったけど、活動はあまり盛んじゃなかった。放課後の美術室はいつも無人で、それを幸いに皐月はひとりで残って絵を描き続けた。授業ではあたりさわりのない絵を描き、描きたいものは誰もいないところで描く。そうして、校舎の片隅の美術室で皐月が目の前のキャンバスだけに集中していた時、後ろから声をかけられた。

それ、何？　と。

「……っ、あ」

皐月は飛び上がった。

本当に飛び上がるように立ち上がったので、椅子が派手に倒れて大きな音をたてた。手にしていた平筆が落ちて転がって、板張りの床にべったりと赤い絵の具をつけた。

「……悪い。そんなにびっくりするとは思わなかった」

いつのまに入ってきたのか、屋敷は皐月のすぐ後ろに立っていた。端整な顔の中のきつめの目を少し見開いている。ズボンの両ポケットに手を突っ込んで、学生服の前ボタンを半分開けていた。

皐月は何も答えず、一歩後ろに下がった。

「何怖がってんだよ？　俺、おまえのクラスメイトだぜ？」

口のかたちは笑っていたけど、その時彼がちょっと苛《いら》ついたように皐月には見えた。

教室にいる屋敷は、たいがいいつもごく陽気だった。常に人に囲まれていて、機嫌よさそうに喋ったり笑ったりしている。だけど初めてまともに向かい合った皐月は、ほんの少し肌が粟立《あわだ》つのを感じた。前髪の陰になりがちな目が思ったよりも鋭い。笑い顔の皮のすぐ下に、今にもはじけそうな不穏な火種があった。それがチリチリと静電気みたいに、時おり皮膚に伝わってくる。

さわったら、きっと指先に来るような。

「おまえ…美延、美術部じゃないよな？　二年は俺だけのはずだし、新入部員が入ったって話も聞かないし」

軽く眉を上げて、屋敷はそう言った。

「び——美術部？　屋敷が？」

あまりに驚いて、皐月はぽかんと口を開けた。似合わなすぎる。

「やたら運動部に勧誘されて面倒くせえから、一年の時に入ったんだよ。俺、運動部のタテ社会って苦手なんだ。ここはそういうのなさそうだし、そもそも先輩も少ないしな。絵描くのも嫌いじゃないし」

　屋敷は教室の隅に行き、重ねて立てかけてあるイーゼルをがたがたと引っ張り出し始めた。そういえば彼も選択は美術だったはずだ。皐月は立ち尽くしたまま、どうしたらいいかわからず屋敷の後ろ姿を見つめていた。

「でもこのままじゃ廃部になるから、せめて春の学生展に出してくれって顧問に拝み倒されてさ。三年はもう受験で来ないし、一年は幽霊部員ばかりだから、おまえ一人だけでもなんでもいいから出してくれってさ」

「……」

　窓際に椅子とイーゼルを置くと、屋敷はどかりと腰かけた。イーゼルにはスケッチブックを立てている。でもしばらくは何も描こうとせず、脚を組んで背もたれにもたれて、ぼんやりと窓の向こうの校庭を眺めていた。

　皐月はのろのろと倒れた椅子を戻して座った。目の前には描きかけの絵がある。だけど誰かと二人きりなんて、ひどく描きにくかった。

　このまま後片づけをして部屋を出ていこうか。だけどそんなことをしたら屋敷の気にさわるんじゃないだろうか。やたらに存在感のある、まともに口をきくのも初めてのクラスメイトを前に、皐月はほとんど思考停止状態に陥った。

　そこに、屋敷がぼそりと呟いた。

「寒いな」

「え？」

皐月は瞬きをした。

「ちくしょう。寒いんだよ。美延、寒くねえの？」

「あの……」

「ストーブつけようぜ、ストーブ。準備室にあるだろ」

皐月の答えなんて最初から聞く気もなさそうに、屋敷は大股《おおまた》で部屋を横切って、準備室に続く引き戸を開けた。十二月で、人気の少なかった美術室はたしかに冷え込んでいる。椅子に座ったまま皐月が見ていると、屋敷は中から時代がかった大きな石油ストーブを引きずってきた。「手伝えよ」と言われて、皐月はあわてて立ち上がった。

クリーム色の円筒形のストーブで、周りを鉄柵《てっさく》が囲っている。ずいぶん古そうなものだ。屋敷はそれを部屋の真ん中に置いて石油が入っているのを確かめると、満足そうに「よし」と頷いた。

「か……、勝手に使っていいのか？」

こわごわ訊くと、屋敷はあっさり言った。

「学校の設備なんだから、生徒が使っちゃいけねえってこたないだろ。寒くてやってらんねえんだよ」

火はどうするんだろうと見ていると、屋敷は学生ズボンのポケットからこともなげにライターと煙草《たばこ》を取り出した。慣れた仕草で煙草に火をつけ、それを使ってストーブの芯《しん》に火を移す。皐月の視線に気づいて、にやりと格好よく唇を歪《ゆが》めた。

「告げ口すんなよ」

「……」

「ついでに湯も沸かすか」

煙草をくわえたまま準備室に戻っていく。まるで自分の家にいるみたいだ、と皐月は思った。屋敷はどこにいても誰に気がねすることなく、思う通りに振る舞える。

大きな石油ストーブの威力は強く、冷えていた部屋はじわじわとあたたまっていった。屋敷はやかんを持って戻ってきて、それをストーブの上に置いた。しばらくするとやかんから蒸気が上がり始める。窓が白く曇って、暮れ始めた外の景色にふんわりとベールがかかった。

湯が沸くと、屋敷はやかんを取り上げてまた準備室に入っていった。今度はマグカップをふたつ手にして戻ってくる。彼が歩くのにつれて、苦く香ばしい香りが流れてきた。

「ほら」

差し出された湯気の立つカップを、皐月は見たこともないもののように見上げた。

「コーヒーだよ。誰が使ったんだかわかんねえカップだけど、洗ってあるからかまわないだろ。あ、砂糖やミルク入れたいんなら向こうにあったから、勝手に入れれば？」

たしかに誰が使ったのかわからなそうな、使い込まれたカップだった。何かの景品らしく、かすれかけたロゴが入っている。教師か美術部の生徒が置いているんだろう。

「……」

そのコーヒーが自分のために淹《い》れられたのだということを理解するのに、少し時間がかかった。まさか屋敷了が、自分相手にそんなことをするなんて。皐月がカップを見上げて硬直していると、またかすかにチリッと屋敷が苛ついた。肌でわかる。皐月は反射的にカップに手を伸ばした。

実を言うとコーヒーはあまり飲んだことがない。ほんの少し口にしてみると、熱くて、苦かった。だけど屋敷は平気な顔で飲んでいる。なんとなく、皐月もそのままおいしいとは思えない真っ黒な液体をすすった。

「おまえさあ……美延」

「え」

皐月はびくりと顔を上げた。屋敷は窓辺に肘《ひじ》をかけて、どことも言えない空間を眺めながら煙草をふかしている。

屋敷が皐月の名前を呼ぶのは今日が初めてだ。正直、彼が自分の名前を知っていたのは意外だった。常に人の中心にいる屋敷から見れば、皐月なんて取るに足らない目立たない存在だろう。

「それ、何を描いてんの？」

絵のことを言われているんだと気づいて、皐月の頭は真っ白になった。

目の前の絵は、本当に誰に見せるつもりもなく筆が動くままに描いていただけのものだ。だから、自分でも何を描いているかなんてわからない。頭の中にこびりついたものや夢で見たものが出てくることが多く、現実世界には沿わず、たいがいは意味不明だった。そして皐月の不安を映し込んで、暗い。

「美延？」

「わ……わからない」

手のひらに汗が滲む。窓枠に肩を預けるように座った屋敷の姿は、皐月からよく見えた。こちらをちらりと見た屋敷は、不機嫌になるかと思ったらそうでもなく、どうでもよさそうに「ふうん」とだけ呟いた。だけどしばらく間をおいて、またぼそりと言った。

「変な絵」

かあっと顔に血が昇るのを感じた。

人が見てどう思うのかなんて、皐月は考えたこともなかった。絵は人に見せるためのものじゃない。

画布に塗りたくられた、暗い色調、とろりと流れる景色、歪んだ植物。最近は蝶《ちょう》を描くのに夢中になっていて、集めた図鑑に載っていたさまざまな模様の蝶を、キャンバスのあちこちに配していた。それも気が向くままに描いているだけで、全体で何を表しているのかなんて自分でもわからない。あらためて言われると、たしかに自分の絵はひどく奇妙なのかもしれなかった。

(やっぱり僕はおかしい。みんなと違っている)

「なんか……見てると変な気分になる。おまえの絵」

今すぐ立ち上がって、部屋を出ていけ。そうして絵は燃やしてしまえ。

頭の中で誰かがそう命じていた。関わってはいけない。触れてはいけない。外の世界は怖い。屋敷はきっと怖い。

だけどほとんどパニックに陥っていた皐月は、指先ひとつ動かすことができなかった。そんな皐月の様子に気づいたふうもなく、屋敷はじっと何かを考える顔をしている。

そうして、やっぱりどうでもよさそうに呟いた。

「でも、綺麗だな」

「――」

「不安で、綺麗だ」

屋敷の指に挟まれた煙草から、すうっとまっすぐに煙が天井に昇っていく。皐月はそれを魅入られたように見つめた。

美術室の中はひどく静かだった。空気の揺れすらなく、ガラス窓の向こうの運動部のかけ声も違う世界の音みたいに遠い。

かなり長い間、皐月はただぼうっとしていた。こんなふうに、起きているのに意識がどこかに行ってしまうことはよくあった。ふと気がつくと手にしたカップのコーヒーが冷たくなっている。皐月は瞬きをして目を上げた。屋敷はまだそこにいて、片脚を椅子に上げて横の壁にもたれて、じっと目を閉じていた。

埋もれた暗い火。

ふっと、眩暈がした。

屋敷は眠ってしまったらしい。皐月は立ち上がって、ふらふらと彼に近づいた。

かすかな呼吸音。睫毛《まつげ》がぴったり合わさった目の上に、前髪がばさりと落ちている。鼻や頬のラインは授業で描かされた石膏《せっこう》像みたいに整っていた。だけど石膏像は皐月には綺麗だとは思えなかったけど、この男は綺麗だと思った。

彼にさわったらどんな感じがするだろう。指先に火がつきそうだ。

皐月は踵《きびす》を返して自分の席に戻って、鞄《かばん》からいつも持ち歩いているスケッチブックを取り出した。描きかけの油絵は放ったまま、眠る男のそばに椅子を置いて、白いページをひらく。

最初の線から、迷わなかった。やわらかい鉛筆で紙に線を置く。線を重ねて面を作って、面に影をつける。この暗い、皮膚の下のちりちりした火。きっと血に似た色をしている。

目を閉じた屋敷の造形を写し取ったあとは、皐月は完全に自分の世界にのめり込んでいた。

学生服の腕が伸びてきたのは刺《とげ》のある蔓草《つるくさ》の静脈を執拗《しつよう》に描き込んでいた時で、乱暴にスケッチブックを奪われて、皐月は瞬時に現実に引き戻された。

「これ、俺かよ?」

屋敷の声は怒っているように低かった。

「——あ」

ガタンと椅子を鳴らして、皐月は彼からスケッチブックを取り返そうとした。だけど立ち上がった長身の屋敷にさっとかわされる。皐月はおろおろと屋敷を見上げた。屋敷は窓際に立って、髪をかき上げてまじまじと皐月の描いた絵を見た。

「……おまえの目には、俺はこういうふうに見えるわけ?」

ずいぶん長い間黙り込んで絵を見つめたあと、屋敷はぽつりと言った。

「ご——ごめん。悪かった」

自分の絵はきっと気持ちが悪いだろう。モデルにした本人に見せるようなものじゃない。

「や……破っていいから」

「こういうのに似たイメージの絵、なんかで見たことがあるな」

皐月の弁明にはかまいもしないで、屋敷は考え込むように顎《あご》に指をあてた。怒っているというよりも、ひどく難しい顔をしている。教室ではあまり見たことのない顔だった。

「ああ、思い出した。昔の宗教画の……」

そこでふっと、彼は嫌なものを見るように顔をしかめた。

「キリストだ」

「……」

「返すよ」

急に興味をなくしたみたいに、屋敷はばさりとスケッチブックを放ってよこした。

「もうこんな時間か。腹減ったな。俺帰るわ」

結局何も描かなかった自分のスケッチブックをしまい、がたがたとイーゼルを片づけ始める。皐月はどうしたらいいかわからずぼんやりとそれを見ていた。

「美延、明日も来るだろ？」

皐月も帰ると決めつけたのかストーブの火を落として、鞄を手にした屋敷はそう言って皐月を見た。

「え、あの……」

「来いよ」

「……」

皐月が黙っていると、屋敷は皐月の真正面に立った。見下ろして、ゆっくりともう一度繰り返す。

「明日も、ここに来い」

その日から、放課後の数時間をほぼ毎日、皐月は屋敷と過ごすようになった。

二人きりでいても、会話はほとんどない。広く静まり返った美術室。ストーブの芯の燃える音。やかんから上がる水蒸気。インスタントコーヒーの苦い香り。

最初のうち気詰まりだった沈黙に、徐々に皐月は慣れていった。それどころか奇妙な安らぎさえ感じるのが不思議だった。家族とですら二人きりでいると緊張するのに、どうして屋敷だと平気なのかわからない。屋敷は時おり皐月の絵を背後からじっと見ていたけど、何かを言うことはほとんどなかった。

だけどある日、いつものように窓際で煙草を吸いながらキャンバスに向かっていた屋敷が、思い出したように唐突に言った。

「おまえ、その絵、完成したらどうするんだ？」

「……どう？」

自分のキャンバスを前に、皐月は困惑した。質問の意味がわからない。絵はただ描くという行為のためだけのもので、完成してしまったらもう意味がない。

「べつに……どうもしないけど……」

はっきりしない答えに屋敷はしばらく黙り込んで、それから言った。

「俺と一緒に春の学生展に出さねえか？」

「え……」

皐月は瞬きをした。

「美術部じゃなくたってかまわねえだろうし、出品作が増えれば顧問も喜ぶし」

「だ——だめだ」

思わず立ち上がった。屋敷が驚いて手を止めて彼を見る。

「絶対にだめだ。出さない」

「なんで？」

「人に見せるなんて、そんな——そんなの絶対にだめだ」

「人に見せねえって、じゃあおまえなんのために描いてんの？」

皐月は声を詰まらせた。なんのために。理由なんてない。ただ必要なだけだ。

「……」

「……ま、いいけど」

黙っているとどうでもよさそうに屋敷が言って、それで体の力が抜けて皐月はすとんと椅子に腰を戻した。それ以降、屋敷が学生展のことを口にすることはなかった。

皐月の絵はほどなく完成した。屋敷が不安だと評した絵。刺のある蔓草が傍観者の視線のように紛れ込んだのは彼のせいだ。

皐月はそれを、学校の裏で燃やすことにした。

描き上がった絵はスケッチの一枚まで全部集めて、残らず燃やすことにしている。神経質な母親は掃除をしながら時おり彼の部屋をチェックしているようだし、絵は出来上がってしまえばもう用がない。

ただ学校の焼却炉は、最近不燃物を入れる生徒があとを絶たないからと、火が入っている間は常に用務員がそばにいた。あまり大量のものは持ち込めないし、なぜ絵を燃やすのかと不審がられてしまう。それでしかたなく、皐月は学校の裏の雑木林で枯木を集めて焚《た》き火をしていた。

自分の絵が燃えるのを見るのは好きだった。火は強い。皐月の中の澱《よど》んだ澱《おり》が、絶対的で圧倒的な火によって容赦なく煙になって空に昇っていく。あとには灰しか残らない。紙の切れ端が夜の蛾《が》みたいに舞うのも綺麗だ。赤やオレンジや青の、熱い、熱い火。自分の中身も燃やされて、乾いてカラカラになる気がする。

「――にやってんだよ！」

陶然として燃え上がる火を見つめていると、いきなり背後で声がした。

皐月は驚いて振り返った。

屋敷が駆けてくるところだった。ひどく怖い顔をしている。呆然《ぼうぜん》としている間にすぐそばまで来て、学生服の上着を脱いで火を叩《たた》いて消し始めた。

「や……屋敷！」

皐月はわけもわからず彼を止めようとした。そんなことをしたら学生服が傷んでしまう。それに絵を燃やすのは皐月にとって必要なことだ。なぜ止めるのかわからない。

「何をするんだっ」

「どうして燃やすんだよ！」

振り返った屋敷に怒鳴り返されて、皐月はびくりと後ずさった。本気で怒った顔だった。

「せっかく描いたのに——こんな——あの絵——ああ……」

屋敷は両手で頭を押さえてうめいた。スケッチブックやクロッキー帳はほとんどが燃えてしまっている。最後にくべた油絵は三分の一ほどが燃えたところで、屋敷に火を消し止められた。

「あぁちくしょう。なんでこんな」

焼け残ったキャンバスを手にして、屋敷は煤《すす》を払いながら顔を歪めた。

「だ——だめだ。燃やさないと……」

我に返って、皐月は屋敷から燃え残った絵を奪おうとした。皐月にとって、絵は燃やして一連の行為が完結するものだ。この世にあってはいけない。

「美延」

屋敷を突き飛ばして、絵を奪った。ライターを取り出して画布の下で火をつける。屋敷がまた手を伸ばしてきた。

「やめろっ」

「放してくれ」

皐月と屋敷は絵を取り合って揉《も》み合いになった。屋敷は背が高く、力も強い。奪われまいと火のついたキャンバスを思わず抱え込んで、腕に走った痛みに声をあげた。

「あ——つっ」

「バカ」

絵を取り落とす。木と布でできたキャンバスは見る見る燃え上がったけど、屋敷は今度は絵にはかまわなかった。皐月の腕をつかんで、制服に燃え移った火を払い落とすように叩き消そうとする。皐月は呆然と間近の彼の顔を見ていた。

制服の火が消えた時には、皐月の絵はすっかり灰になっていた。

「何やってんだよ。おまえ、なんなんだよ……」

屋敷はぐったりとその場に座り込んでうなだれた。

「な……何って屋敷こそ」

「どうして絵を燃やすんだ」

必要ないからだ。あっちゃいけないものだからだ。怖いからだ。

だけどそんなこと、人には説明できなかった。答えないでいると、屋敷は首の後ろに手をおいてぼそりと言った。

「……おまえ、火傷《やけど》しただろ」

皐月は左腕に手をやった。ジンジンと疼《うず》く痛みが次第にふくれ上がってきている。

屋敷は立ち上がって、有無を言わせない強さで皐月の腕をつかんだ。無言で彼を校舎の方に引きずっていく。もう部活動も終わっている時間で、校庭にはほとんど人がおらず、校舎の明かりもぽつぽつとしかついていなかった。校庭の隅のコンクリートでできた手洗い場に着くと、屋敷は勢いよく水を出して、制服をまくった皐月の腕をその下に晒《さら》した。

「屋敷」

「黙ってろ」

水はとても冷たかった。屋敷はずっと怒った顔をしている。その顔を見ていて、気づいた。屋敷も顔に怪我をしている。頬が赤く腫れていて、口の端が切れて血が滲んでいた。

もしかしてさっき自分が怪我をさせてしまったんだろうか。だけどとても声をかけられるような雰囲気じゃなかった。皐月はじっと水の冷たさに耐えた。かなり長い間冷やしたあと、屋敷は赤くなった腕をよくよく観察して、それから体育の授業で使ったらしいタオルを巻きつけた。

「保健医ももう帰ってるだろうな…」

呟くと、またぐいぐいと皐月を引っ張っていく。皐月はされるがままだった。

屋敷は皐月を自転車の後ろに乗せた。彼は自転車通学をしているらしい。病院に連れていかれるのかと思ったら、屋敷が自転車を止めたのは静かな住宅街の中の一軒の家の前だった。表札を見ると、彼の自宅のようだ。

まだ築浅らしい、綺麗な家だった。敷地をぐるりとブロック塀が取り囲んでいる。装飾的な門扉の間から、二段重ねのバターケーキみたいな家が見えた。

あまりクラスメイトと関わりを持たない皐月でも、屋敷の父親は会社を経営しているという話は聞いたことがあった。公団住まいの皐月からすると、ずいぶん立派な家に見える。自転車を降りた屋敷はまた腕をつかんで、皐月をその中に引っ張っていった。

広い家の中は人の気配がしなかった。他人の家に気後れしている皐月に、屋敷は「誰もいねえから」と言って二階に上がっていく。部屋のドアを開けて、皐月を中に放り込んだ。

「適当に座ってろ」

言い捨てて、またどこかへ行ってしまう。取り残された皐月は所在なく首をめぐらせた。

その瞬間に、目を瞠《みは》った。

(海、だ)

部屋の壁に、海があった。

海の絵。大きい。

壁の一面がまるまるあけられていて、そこに一〇〇号キャンバスが床に新聞紙を敷いて立てかけられていた。

大きなキャンバスには、光が戯《たわむ》れる青い海が描かれている。少し霞がかかったやわらかい空。穏やかな波。その表面に踊る、複雑なモザイクのような光の破片。ああ春の海だと思った。

屋敷の絵は、とても上手かった。桁違《けたちが》いだ。高校生が部活で描く水準をはるかに超えている。

なんて綺麗な絵なんだろう、と皐月はため息をこぼした。

(本物の海を切り取ったみたいだ)

(こういうのを、本当の絵っていうんだ)

自分とは——まるで違う。

毎日のように一緒に絵を描いていたけど、皐月は屋敷の絵を見たことがなかった。覗いたら怒られるんじゃないかと思っていたからだ。屋敷はいつもごく真面目《まじめ》にキャンバスに向かっていたけど、ここまで本格的に絵を描いているとは思わなかった。

「火傷って書いてあるからオロナインでいいよなあ」

急にドアがひらいて屋敷の声がして、絵に見とれていた皐月はぎくりと振り返った。

「美延、手出して」

屋敷は救急箱を手にしていた。どかりとベッドに座る。あらためて見ると、部屋は家と同じに広くて綺麗な洋間だった。屋敷の個室なんだろう。

屋敷は手のひらを上に向けて皐月を促す。皐月はおそるおそるその前に座って、手を差し出した。

学生服の生地が厚手だったのと、すぐに流水で冷やしたおかげで、火傷はそれほどひどくなかった。屋敷は赤くなった部分にていねいに軟膏を塗る。ピリピリした痛みが少しだけあった。

「あの……」

「なんだ」

ためらいながら話しかけると、屋敷は顔を上げずに返した。

「屋敷って、ずいぶん前から絵を描いてるのか？」

「ああ……、うち、父親が絵を描くのが趣味でさ」

淡々と言いながら、ガーゼをあてて包帯を巻く。変な気分だった。あの屋敷が、皐月の腕に包帯を巻いている。

「俺もガキの頃から画塾に連れていかれたんだ。でもまあ、絵描くの嫌いじゃねえし、普通の会社員になるよりはおもしろそうだから、美大かそれ系の学部のある大学に行こうかと思ってるんだけどさ」

「そうなんだ……」

ため息のような声が出た。

屋敷は自分とは何もかも違う。容姿にも才能にも恵まれ、人を惹きつける魅力にあふれた男。皐月は大学のことなんて、まだおぼろげにしか考えていなかった。屋敷のこの才能なら、きっと望む道に進めるだろう。現実味のないまま漂うように生きている自分と違って、彼は強い存在感を放っている。

——圧倒される。

包帯はけっこうきっちりと巻かれていた。手当てを終えて、屋敷は救急箱を片づける。彼が横を向いた時、顔の傷が目に入って、皐月は何も考えず反射的にその唇に指を伸ばした。

「い、つっ……、なんだよ」

屋敷はのけぞって顔を歪めた。

「血が……」

「ああ、殴られたんだよ。くそ。あいつ鞄なんか振りまわしやがって……。金具があたったじゃねえかよ」

「鞄？」

「女だよ。ヒス起こしやがってさあ……」

頬を押さえて、屋敷は忌々しげに舌打ちした。口ん中も切れてる、と呟く。

屋敷は女にもてる男だった。よく校内で女生徒と一緒にいるところを見かけるし、美術室を出ると女の子が彼を待っていたこともある。そしてその顔ぶれは常に一定していなかった。

「女ってなんであぁ独占欲が強いんかな。寝たからってなんだってんだよ……」

拳《こぶし》で口元を拭《ぬぐ》って、ついた血を見て屋敷は顔をしかめた。舌を出してざらりとそれを舐める。それからその舌で、口の端に滲んだ血を舐めた。

皐月は目の前の男から目が離せなくなった。整った顔の男が唇を歪めて自分の血を舐める仕草は、野蛮で、動物的で、とても綺麗だった。心臓のあたりが熱くなる。なんて綺麗な男なんだろう。こういうのを――官能的っていうのかもしれない。

皮膚の下を流れる赤い血。

触れてみたい、と思った同じ瞬間に、屋敷が皐月を見た。

「舐めてみたいか？」

「――え？」

「そういう顔してる」

屋敷は挑発的に口の端を持ち上げた。

「人ってなんで血ィ見ると舐めたそうな顔するんだろうな。食人の記憶でも残ってんのかな」

首に腕を回して、屋敷はぐいと皐月の顔を自分の顔に引き寄せた。息がかかるくらい近くに。そうして、笑う。

「俺の血はうまそうか？」

誘われるように、唇をひらいた。

血はぬるい金属の味がした。

舌を這わせると、できかかっていたかさぶたが剝がれて新しい血が滲んだ。その血を舐め取る。屋敷はすがめた目で間近にじっと皐月の顔を見ていた。観察するみたいに。彼は女の子とキスをする時にもこんなふうに目を開けているんだろうか、と思った。そうやってじっと見られていると、高いところに立っているみたいに背中の下の方がぞくぞくした。

「おまえ、美延さ」

唐突に、屋敷が言った。

「子供の頃、男に誘拐されてやられたって本当か？」

「――」

皐月は目を見開いた。

すうっと頭の中が暗くなる。

「噂で聞いたぜ。変な男に連れ去られて、いたずらされたって」

ごくりと唾《つば》を呑《の》み下した。屋敷はじっと皐月を見ている。観察する、冷ややかな目で。それから囁くように言った。

「どんな奴だった？　やられたんだろ？　そいつのこと、憎いか？　殺してやりたい？　それとも……」

「……あ」

くるりと時間が裏返ったみたいに、黒い花の匂いを間近に思い出した。意識がぐらぐらと揺れる。花の絵を燃やし尽くしてから、思い出したことなんて一度もなかったのに。

あの甘い――

「おまえ」

首の後ろに回された腕にぐっと力がこもった。皐月ははっと目を瞬《しばたた》かせた。

「おまえ、どこを見てんだ？」

「――」

「前から思ってたんだよ。おまえの目、どこ見てんだかわかんなくていらいらする――」

喋る舌が口の中の血で赤く濡《ぬ》れて光っている。赤い血。屋敷の黒い目。黒い花。ばたばたとカーテンが風に暴れる音が耳に聞こえた気がした。

今、気づいた。屋敷はあの男にどこか似ている。あの、顔も覚えていない黒い花の男に。

眩暈がした。

知っている。孤独は甘くて、胸苦しいような香りがするのだ。

――お願いだ……僕は怖いんだ。怖くて怖くて、もうどうしようもないんだ。

「……屋敷」

唇を重ね合わせて口の中のあたたかい血を舐めると、さっきよりももっとずっと、血の味がはっきりとわかった。

両手を伸ばして、硬めの髪に指をくぐらせる。歯列、口蓋《こうがい》の裏、頬の内側にていねいに舌を這わせる。こくりと音をたてて、血の混じった唾液《だえき》を飲み込んだ。

「……っふ」

次の瞬間、強い勢いで皐月は屋敷に振り払われた。

「……おまえ、ほんとなんなんだよ」

胸倉をつかまれて、また引き戻される。シャツの首が詰まって息が苦しい。

「ほんとワケわかんなくて苛つく――」

ゆっくりと、また唇が重なってきた。

嚙《か》み合わせるように唇を合わせて舌をからめられて初めて、今自分は屋敷とキスをしている、と思った。屋敷と、女がするみたいに。

血の味のするキスは思いのほか優しかった。

唇を離すと、屋敷は薄く笑った。教室で陽気に笑っているのとはまるで違う笑み。やっぱり綺麗な男だと思った。刻々とかたちを変える火を見ているみたいに、皐月はうっとりとする。

「おまえが誘ったんだぜ？」

舌がまた唇を舐めて、それからあの時と同じように指が首筋に伸びてきた。

火が移る。

屋敷と身体を重ねると、彼の内側の火が自分に燃え移る気がした。

屋敷は知らない生き物を解剖するみたいに、ていねいに、執拗に、指と舌で皐月の身体を探った。

下衣を剝ぎ取られカッターシャツが肩と腕に引っかかっただけの格好で、後ろから抱きかかえられて脚の間をまさぐられる。屋敷は学生服の上着を脱いだだけだったけど、ぴったりと密着した背中の皮膚が熱かった。耳のすぐ上に感じる吐息がだんだんと速くなるのを、どこか信じられない思いで聞いていた。

「あ、屋敷っ、やし……」

長い指にからめとられてこすられる。人に触れられたことのない皐月の性器は、あっけなく簡単に恥ずかしい姿を晒した。

「いいよ。手の中に出してみな?」

男は意地悪な声で優しく笑った。

た。

「んっ……、ふ、あっ、あっ、もう……もう」

衝動にビクンと身体全体が跳ね上がる。視線を感じながら、皐月は彼の手の中に精を吐いた。

「はあ……は、っ……」

濡れた手で顎をつかまえられて、無理な体勢でまだ治まらない息を飲み込まれる。苦しくて、腕の中でもがいた。唇を離すと屋敷は皐月をシーツの上に引き倒して、自分の手を濡らしたものを塗り広げるように皐月の腹や内腿《うちもも》になすりつけた。

「——ッ、あ……」

ひくりと喉がのけぞった。指が、もっと奥に触れている。

「男だとここ使うこともあるって聞いたんだけど」

ひとりごとみたいに呟いて、屋敷は指の腹で皐月のその部分を撫でた。

「あっ……屋敷」

皐月は屋敷の胸にしがみついた。身体が震える。かまうことなく指はそのまま、狭い器官に潜り込んでこようとした。

「いっ——」

局部に走るぴりぴりした痛みに、皐月は声をあげた。

「キツイな。これ、無理なんじゃねえ？　……ああ、そうだ」

工作でもしているみたいな淡々とした口調で言って、それから屋敷は傍らに置いたままだった軟膏の容器を無造作に取り上げた。火傷の治療に使ったオロナイン。蓋《ふた》を回して、ちらりと笑う。

「すべりをよくすりゃいいんだよな」

「——っ、あっ」

ぬるりとした質感と一緒に、指が、さっきまでより深く入ってきた。

「やっ、あ……」

きつくはあるけど軟膏のぬめりに助けられて、指はどんどん奥に進んでくる。自分の中に、他人が入ってくる感触。それは皐月の全身に鳥肌を立てさせた。こんな感覚が、この世にあるなんて。

「美延、気持ち悪いか？　それとも気持ちいい？」

皐月は目を閉じて首を左右に振った。

「わ、わからない、わからない……」

「ま、どっちも同じか」

声はやっぱり優しく笑った。

指の数を増やされて、中を無理に拡《ひろ》げられる。声をあげて屋敷にしがみついて、もう自分が何をしているのかわからなくなった頃、屋敷は皐月の両脚を抱え上げた。

「痛かったらそう言えよ。やめてやるかどうかはわかんねえけど」

「う、あ――」

目の中が真っ白になった。

痛いんじゃなくて、熱い。熱い火だ。

屋敷の肌の下に埋もれていた火。それが硬い質感を持って皐月の中に侵入してくる。火は血管と神経を導火線にして全身を駆けめぐった。熱い。熱すぎる。自分の身体は燃えるよりも先に溶けてしまうだろうと思った。ひとたまりもない――

「やっ、あ、ああっ」

「美延……キッ……ちょっと、ゆるめろ」

「できない、できな……」

「しょうがねえな」

ぐっとそのまま、容赦なく最奥まで貫かれた。

「あ――あ……ッ！」

がくがくと揺さぶられながら、溺れないように必死で屋敷にしがみつく。このままだと壊れる。ばらばらになってしまう。

でももしも本当にそうなったら、きっととても気持ちがいいだろう。

圧倒的な火。抵抗なんてできない。する必要もない。紙屑《かみくず》みたいにその中に散る快楽。煙になって、灰になって、あとには何も残らない。

何も考えなくていい。

もう怖いことは何もない——

最後の最後にかすめるように、意識の奥で甘い香りを嗅《か》いだ気がした。


それから卒業までの一年と少しの間、皐月は数え切れないくらい屋敷と身体を重ねた。放課後の美術室で。彼の部屋で。最初のうちはただ熱に翻弄《ほんろう》されるだけだったけど、慣れるとどうすれば彼を悦《よろこ》ばせることができるのかわかるようになった。

二年の冬に屋敷が描いていた絵は、翌春の学生展で最優秀賞に入選した。屋敷はそのまま、武蔵野《むさしの》の大学の芸術学部に進んだ。

そして皐月も、同じ大学の同じ学部に入学した。屋敷にそう言われたからだ。一緒に大学で絵をやらないか、と。皐月にとって絵はわざわざ大学にまで通って描くようなものじゃないし、自分には屋敷のような才能はないと思ったけど、それでも屋敷のそばにいるのは必要なことだった。

両親の、とりわけ母親の反対を押し切って家を出た皐月は、自宅通学の屋敷の家からそう離れていない場所にアパートを借りた。五反田《ごたんだ》の、線路脇に建った安アパート。電車が通るたびに揺れる小さな部屋。

屋敷はしょっちゅうその部屋にやってきた。そうしてセックスをする。高校の時と何も変わらない。

変わったのは、絵を燃やさなくなったことだ。燃やすかわりに、屋敷とセックスをすればいい。身体の中が乾いて、カラカラになる。

屋敷とセックスをするのは明け方に電車の音で目覚める時の気分と似ていた。がらがらと音をたてて、振動しながら、世界が終わっていくようで。

そうなったらどんなにいいだろう。

このまま彼の熱と彼の鼓動の中で、世界が終わってしまえばいいのに——

まだ冷たい春、揺れる部屋でカーテンの向こうの暗い朝を思いながら、そんなことばかりを考えていた。

あとがき

こんにちは。高遠琉加です。

高校よりも大学が好きかなあと思います。あ、いや、高校も、遠く過ぎ去ってみると、あの朝から夕方まで、春から冬までいろいろ目白押しな生活はあの年代のバイタリティーがないとできないよなと眩しい気持ちになります。いつか機会があったら書いてみたいです。制服もいいよね…。

大学は、なんかやたらと楽しかったです。遅い朝、酔っ払ってザコ寝してる友達を叩き起こしてよろよろしながら学校行ったり、休講になってもサークルのたまり場に行くと誰かしらいて相手してくれたり、エンゼルパイもらいに雀荘にくっついていったり、試験前にノート回したり、単位の取り方間違えて注意進級になったり（びっくりした）。今までで一番お金がなくて、一番たくさん本を読みました。

中途半端で、ゆるくて、楽しくてどこか後ろめたくて。

そんなわけで大学生が書きたいなあと思って始めたのが、このお話です。あ、あと、アトリエ付きのアパートっていうの、実在するのです。もちろん場所とか外観とか間取りとかすべて違っているのですが。いろんな人が集まってて、部屋は改装自由で、とても楽しそうでした。いいなあと思ってたら、ぼんやりとこのお話ができました。

最初に大学生が書きたいと編集様にお話ししたのはずいぶん前だったのですが、その時「イラストお願いしたい方とかいますか？」と訊かれ、速攻力強く「言うだけ言っていいですか？　依田さん！」と答えた記憶があります。願いが叶って本当に嬉しいです。もうね、想像を超えるというか。

そんな依田先生。いろいろご迷惑をおかけしておりますが、まだしばらく先がありますので、どうかよろしくお願いいたします。赤星のファッションがいつも楽しみです！

編集のS様。連載が始まる前から（始まった後も）ものすごくご迷惑をおかけして、本当にすみません…。がんばりますので、この先もどうかよろしくお願いいたします。

で、書き下ろしの「さよならを～」ですが。ええと、すみません。続きます。本編が終わる頃には、一緒に終わってる…はず。別々のお話ですが、これも同じ話なので、よろしければおつきあいください。

雑誌では現在、響川が主人公になってます。この人は私の中ではシンデレラなので、いろいろつらい目にあってます。王子様に××されてるし。かわいそう。

そんな続きも読んでいただけると嬉しいです。

ではでは、またお会いできますように。

高遠琉加

◆初出一覧◆

楽園建造計画＜1＞（シャレード2004年9月号）
楽園建造計画＜2＞（シャレード2005年1月号）
さよならを教えたい——春（書き下ろし）

CHARADE BUNKO

楽園建造計画《らくえんけんぞうけいかく》 1

［著　者］ 高遠琉加《たかとおるか》

［発行所］ 株式会社 二見書房
東京都千代田区神田神保町1－5－10
電話 03（3219）2311［営業］
03（3219）2316［編集］
振替 00170－4－2639

［印　刷］ 株式会社堀内印刷所
［製　本］ ナショナル製本協同組合

落丁・乱丁本はお取り替えいたします。
定価は、カバーに表示してあります。

ISBN4－576－05082－6
http://www.futami.co.jp